倒木蘇生

大嶋岳夫

鳥影社

倒木蘇生　目次

倒木蘇生

三十三歳で筆を折った私だが、五十六歳で再び筆を執った。以来、二十年が過ぎ去った今、迷路を行く思いだ。書けそうもなくなってきた。書くことが無くなった気もする。それというのもあの世へ逝く日が近づいており体力も気力も衰えてきたからか。

そういう理由からではない。悪鬼が私を崖っぷちまで追い詰めてくれている。夢に現れるのではない。昼ひなかにだ。スーツを着ネクタイを締め何食わぬしらじらした顔をして迫って来るのだ。

闇が昼をも埋めたかのよう。陽が出てはいるのだろうが、それは頭上はるか高くでのこと、あたりには薄墨が流れ漂い澱み渦となっている。足を進ませず、引かせもしない。

筆を執り直したころにだ、食わんがために働いてきた法人とのしがらみを断つべきであったのにその機を逃してしまった。あくせく日を送っているうちに、役人あがりの法人のトップ、ボスが私に命じた、「我が法人は九億もの借財を抱えているが閉じる気はさらさらない。常勤役員をこれまで七人もクビにしてきたが君だけは逃がさないぞ、負債を減らし法人を建て直せ」、と。

借財を抱えさせたのは誰だというのだ。彼がクビにした七人だ。というよりボス自身ではないか。「借りた金は銀行に返さなくていいんだ。利子さえ払い続けていればいいんだ」と高をくってきたのはボスではないか。

私は首にリードを結ばれボスに引かれている犬だ。彼について行かざるを得なかった。

そういう日々のことだった、悪鬼が私に食らいついてきたのは。

悪鬼の面構えはこんなだった。

若いころ顔じゅうに泡立っていた面皰か、それとも疱瘡を患ったことがあるのか、いずれにしても痕跡が顔面になまなましく残っている。焼き豆腐に味噌をまぶしたかのようなぶつぶつに蔽われている。そういう面体に取ってつけたように、どんぐり眼が二つカッと見開いている。東洋銀の子会社の男、戸部達雄だ。

「貸付の窓口が本店から我が社に変更になりました」

と言って、彼は『債権譲渡通知書』なるものを私に突きつけた。本店の融資業務部から我がボス相田常次郎理事長に宛てられている。

通知書にはこうあった。

『当行が貴法人に対して有する下記目録記載の債権及びこれに付帯する一切の債権を、これらに付随する保証及び抵当権その他の担保権と一体のものとして、下記のエムユー・フロンティア債権回収株式会社に譲渡致しましたのでその旨ご承知おき下さい』

私は質した。

「目録には、貸出金額が四億円とありますが、うちいくらかでも、本店は不良債権処理してくださったんでしょうか。あなたに譲渡されたのは一億ですか。それとも七、八千万円ですか」

「全額ですよ」

戸部はいきり立った。

「私があなたに返済を要求できるのはあくまで四億です」

いぼいぼの跡で埋まっている戸部の顔が、孟宗竹の節を断ち切ったように一瞬、平らかになった。

「今後の返済計画を立てて提出してもらいます」

と叫ぶなり、てかてかの額から角が一本、生え出たかに見えた。

「これまでのように毎年、一千万円ぽっきりの内入れで凌ごうなんてことでは許せませんよ。元本返済に四十年かかってしまう。冗談じゃないよ」

「四億ではなく一億で譲渡されたのなら十年ですみます」

「全額だと言っているじゃないか」

一分五厘の金利を毎年払ったうえでの年一千万の支払いはらくではない。しかも戸部のようなヤクザかゴロツキを相手にしなければならなくなったとはと、私は身が縮み正気を失いそうだった。

「返済計画を」

と彼は今一度、告げた。

「計画はできたか」、と戸部があすにも飛び込んで来るかも知れない。彼はハゲタカであったか。空き巣を狙うコソ泥のようにオフィスの前をうろついているような気がしてならない。夜討ち朝駆けされるかも知れない。

そう怖れているところへ、非常勤理事の吉本淳が突然、やって来た。大きな体軀のわりには頭が妙に小づくりで、文楽のかしらを想わせる。前年の定例理事会に諮りボスが新しく任じた理事だ。私の非力を補ってやろうとでも考えてくれたのだろう、と私はボスに感謝した。だが、そう受け止めた私は浅はかだった。吉本は、相田が役人時代に目をかけていた部下だった。私に何か不都合があればただちに彼にクビをすげ替えようとの魂胆からの登用であったらしい。

人形のかしらは浄瑠璃の語りに合わせ右に左に振れる。打ち首になったかのようにがっくり前に垂れもする。ときには百八十度、向こうむきにさえする。

その日、吉本は落ち着きがなかった。挨拶を交わし、しばし世情を皮肉るなどして笑ったのだが、百八十度などまわせはしないから九十度ほど顔を背け、すぐ前へ向き直り、声を張った。

「三年さかのぼって決算書を見せてもらいましたが驚いたね、よくぞ粉飾し続けてきたもんだ。事業収支が赤にならないように毎年、五千から一億、むりやり資産計上している」

「次年度以降に売れるソフトを新しく開発できたのだと前任の専務から聞いています。公認会計士と監事に相談して計上した、とも」

「どんなソフトだっていうの。開発に投じた人件費ほか根拠を見せてほしいね」

私は総務部長を呼んで積算の明細を説明させた。

人形のおもづかいが、黒衣の陰でしかけを引くと、眼の玉がひらく。ガッと閉じる。またひらき、ギョッと驚いてみせる。可笑しくもあり悲しくもある振りだ。

吉本は言った。

「苦しいやりくりを巧みに隠しているね。やっぱり粉飾だ。次の理事会で暴いてやろうか。私を理事にした相田さんの顔を潰さんようにしてほしいね。今年も事業収支は赤なんだろう。そうならないようまた資産計上するつもりかい。計上したからには三年で償却しなければならない」

「そんなことを私が知らないとでも思っているんですか」

「償却額が膨らむ一方だ。あと一、二年のうちにどうにもこうにも首がまわらなくなる。一般財団法人は二年続けて赤字になると法務局に登記を抹消される。倒解散を強いられる。どうするんです。再建再生計画を立てなくていいの」

「あなたは理事だ。いっしょに立てましょう」

「再建策の柱は誰が考えたって業務の効率化と新しい事業の創出だが、問題はその具体化だ」

分かり切ったことをいちいち言い立てる。私は吉本に切りつけたくなった。

かしらの上っ面を断ち割ると見ものだ。人形の顔の断面があらわれる。真っ赤だ。ビックリしたなとばかり見開いた二つの目ん玉が断面に張りついている。

そういう面相を見せつけて叫んだ。

「私が常勤並みに働くと高くつくよ」

「外部理事は私に助言する名誉職です」

「構うものか。汗をかいただけ報酬はもらうよ」

「監事に監査をお願いした折と同様、助言していただいたつど謝金をお支払いします」

「いくら」

「二万円です」

「そんなはした金はいらない」

「そうでしょうとも。金ではない、法人が生きるか死ぬかの瀬戸際をのりきろうというのですからね」

吉本はうしろを向いた。立ち去ろうというのだろう。が、くるり振り向いた。赤ッ面が一瞬のうちに青くなった、まるで中国の京劇を観るかのようだ。


全職員が顔をそろえる会議で波風が立つことはこれまで一度もなかったのだが、十三人いる研究室長のうちの一人が、私を罵倒した。

「外部理事さんに噂されてますよ、赤字体質だってのに再建策のひとつも立てられない専務がのさばってたんでは君らが浮かばれないよな、って」

吠えたのは、私が部長時代に育て主任から室長に昇格させてからまだ日の浅い多崎守だった。

驚愕のあまり私は糾した。

「誰だ、その理事とは」

答えは知れていた。

「吉本理事ですよ。エレベーターに乗ろうとしたら降りて来たんです。私を呼び止めて囁いたんですよ」

吉本は法人の現場をも掻きまわそうとしているらしい。

専務危うしと、総務部長が発言した。

「経営再生計画案を今私が立てています。次回の室長会議で専務が説明する予定です」

翌週、室長会議が開かれた。

『計画』と銘うっているが、向こう三ヵ年、一億円ずつ受注額を増やし、かつ支出を三パーセント抑え続ける、と数字を並べただけだ。問題は各年度、一億円多くいかに受注するのか、支出の何をどう削減するのか、である。

その方針を私は示した。

「営業の専任を増員する一方、新規の業務を受注してくれた職員を報奨し厚遇します。間接費はむろん削ります。直接経費の三パーセントなどは皆さんと節約に努めるなら何とか削減できるでしょう」

会議を閉じようとしたとき、室長の矢野俊二が起ちあがった。

「こんな研究所からは退職金をもらえるうちに逃げ出そうっていう職員が出てきますよ。それですめばいいんですがね、年俸交渉の結果が不満だったたってのが騒ぎ出しかねませんよ。いったいどうするんです」

言いつつにやつき、彼は多崎を見遣った。

多崎は俯いた。

暗澹として、私は会議の閉会を告げるしかなかった。

現場を率いる者にとって何が苦しいかといって、それは身内の造反である。返済を迫りはしても銀行は、たとえわずかな額であれ内入れし続ければ誠意を認めてくれる。そもそも借入を増やしたのは私ではなく前任の役員たちなのだから、銀行は私に同情してくれている。

憎むべきはかつて現場をともに駆けずり回ってきたはずの室長たちの離反だ。私が専務の職に就くなり、十三人の室長たちはまっぷたつに割れた。穏健組はわずかだ。造反組の方が多かった。急先鋒は矢野だ。部下をけしかけ労基署に垂らしこませたのだ。労使協定が不完全なまま残業させている、国が示している労働基準を無視している、云々と。国は訴えに応えて、協定を締結し直せ、過去二年、遡って残業代を清算せよ、と指導勧告書を突きつけてきた。

結果、私は年に五千万円もの出費を強いられた。

かくして矢野と彼の部下たちは、正当な実入りを手にして退職し、新会社を立ちあげた。

矢野のあとを追うかのように烽火をあげたのが多崎だった。彼は法に訴えた。告訴の理由は、未払い賃金を支払え、だ。私が役員に列せられるまで二度の年俸交渉は要求額をかなり下回る額で、すなわち完全な合意に達しないままうやむやのうちに打ち切られていた、という。同様の不満を抱いていたのは多崎だけではなかった。五人がこぞって訴状に名を連ねた。

彼らにさらに憂き目を見させたのは私だ。

再生計画にのっとって全職員の年俸を一律カットしたのである。

首に縄かけられ屠場に引かれる牛か羊か、私は法廷に引き摺り出された。

判決は私の完敗だった。出費は増すばかりとなった。

経営者は、経済社会の情勢が味方してくれるなら助かるのだが、国じゅう何もかもが右肩下がりだった。

我が法人の事業収入は国からの受注に頼っている。国の税収は伸びない。緊縮財政を強いられている。そこへもってきて困難な事態に遭遇した。税制上の優遇措置を受けていながら血眼になって収益事業に走っている一握りの法人がとんだ禍をもたらした。利権を漁らんがため政界へ献金し続けていたのである。そういう事実が白日のもとに晒されたからたまらない。世の批判を浴びた。そこで国は、国費をもって事業を発注する際に公明正大を期そうと、随意契約によっていたものもすべて競争入札によることにした。ボス相田が創立した法人は、役人とつるんで業務の多くを随意に受託してきた。それらの多くを継続して受託できなくなった。それまで名を聞いたこともない業者が入札の手続きを経て、眼を剝くような低価格で横奪していった。

我が法人の業績はさらに落ち込んだ。

国会議事堂の裏手には雑草の一本も生えていない。まして木立の一本も根づいていない。無味乾燥な政治の裏街道を古色蒼然としたビルへと、風もないのに右に左に揺れながら来た男がある。私だ。

ビルを見あげた。あの屋上から飛び降りてしまおうか、という体にしばし見あげた。青空が目にしみるならまだしも、空はどんよりとした厚い雲に蓋されている。

役人として頂上を極めてのち国会議員を長くつとめた相田は、今でもここ奥殿にあって人間の欲得追及あるのみのどろどろしたまつりごとにかかずらわんと、個人事務所を構えている。

彼は右に吉本を控えさせ、私が顔を出すのを待っていた。

開口一番、彼は言った。

「身売りしようって言うのか」

間髪入れず吉本が言った。

「再生計画はどこへやら、部下に煽られ、盗っ人に追い銭つかませ、あげくに訴えられたとはいやはや情けないことだ」

「青木っていう室長がここに駆け込んで来たよ」

と、ボスも呆れ顔だ。「属している部が売りに出されそうだ、と言ってた。私がつくった財団を切り刻んで売ろうってのかい」

「東洋銀から脅されましてね、少しでも多く返済する気があるのか、売れる部門からさっさと金にかえろ、と」

吉本は怒りまくる。

「青木ってのが属してる部は採算が取れているっていう。それを売ったら不採算部門しか残らないではないか。私が勧めた計画と逆行する。やろうとしていることは倒解散策だ。いったいいくらで売却する気なんだ」

私の口の端が嗤った。

吉本は青ざめた。

私は言った。

「実はここに来るまで、銀行立ち会いのもとA社と譲渡契約を結ぶ話し合いをしていたんです。しかしご破算になってしまいました」

吉本の顔に血の気が戻った。実質潰れたも同様なのだ、売れるものから手放した方がいい、というぐらいの実は腹であったのだろうか。彼は、しかしそれではまずい、ボスの顔が潰れると思い直したらしい。

話がおもしろそうだな、と彼は私に聴き耳を立てた。

「なんでご破算になったんだい」

私は答えた。

「二億で売れそうになっていたんです。譲渡契約にサインできそうになっていたんです。ところが、同席させていた青木の上司が、突然口を利いたんです。譲渡契約額が弾き出された根拠、つまり今後、多額の受注を確保できる自信は、ありませんと言い出したんです。そのひと言で、せっかく積み上げてきた話はぶち壊しになってしまいました」

ほっとしたとはうらはら、吉本の顔面は暗くなった。身を乗り出して彼は質した。

「振り出しにもどったね。さあこれからどうしようか」

私は言った。

「これまでなんとか持ちこたえてきましたが、財団はあと二年のいのちです——」

私のいのちも、と続けたかったのだが、そう言えず私は呑み込んだ。

「なぜ二年なんだい」

と、ボスはどこまでも未練がましい。

私は答えた。

「今年度は赤です。大赤が祟って来年度もとうてい黒にはなりません」

ついに来るところまで来たか、と御大二人は私をじっと見つめた。

私は告げた。

「私は今期で退きますから法人の整理は吉本理事にお願いします」

ボスの描いた筋書きの通り、そうしてもらっていいのではないですか、と私は言いたかった。吉本の顔面はのっぺらぼうになった。その言わんとするところは、冗談じゃねえや、こんなオンボロ法人と心中するのは御免だ、だ。

法人を閉鎖する手立てを弁護士と協議し終わっている、とは私は二人に明かさなかった。邪魔立てされたくない、誰の力も借りずに自力で閉じよう、とひとり覚悟を固めたのだった。


たまさか休日、妻とともに過ごす一日に、「死にたい」とつい漏らすことはあっても、「あした死ぬぞ」とは明かせない。

夜が更けて枕を並べる。すると深夜、かたわらで妻が鼾をかいた。ぐうごうごろ、ごおっくくうう。かとおもえば、ぐしゃっ、があ、ぐう。あまりの獰猛さに驚いて私は寝室から逃げ出した。

時計の針は一時をさしていた。机に向かった。

法人の整理のめどがついた昨日まで私は書き続けてきた。結果、未発表の原稿が机上に山をなしている。書くことはもう無いと思われたのだが、今日という一日、これから何をどうするかを記しておこうか、とペンを執った。

もはや眠ることができなくてもいい。夜の帳が取り払われるまでを目にしつつ過ごそうか。その一秒一秒が遺された私のいのちなのだから。

そう考えているとうつらうつらした。


妻の鼾と無言のうち交わし合ったやりとりをもって夫婦の別れとした。

ところでもうひとり、別れを告げておきたい女がある。ボスに法人の事後を託されてからというもの三年、彼女とは会っていない。釜で茹であげられるような、重しに潰されそうな、日々が私をして彼女に会う余裕をもたせなかった。ことここにきて、きれいさっぱりさよならをせずばなるまい。

弁護士の事務所で午後を過ごしたのち、虎ノ門から霞が関を経、新橋は土橋を渡り、灯のはいった袖看板『芙蓉』をめざした。

芙蓉のドアを押した。

「あら生きてらしたのね。脚が生えているかしら」と、則子は私の足元をうち眺めた。無理もない。三年前、自暴自棄になって顔を出し、浴びるように酒をあおって以来である。

宵の口ではあり客は私一人だった。則子を独り占めできた。

しかし、常連とおぼしき二人連れが見えるや、私は奥へ追いやられた。

ソファの背を高枕に私は両脚を投げだし体を棒切れのように寝かせた。

するとたちまち睡りに落ちた。鼾をかいたらしい。則子がかぶさってきた。

「あんた」

古女房じみた口を利くものかな。私を揺すり、

「ね、帰ってよ。出てってよ」

と哀願した。

「送るな」

と吐き捨て、私は芙蓉を出た。

則子が追い縋って来た。

「どこか体が悪いんじゃなくって。お医者に診てもらっているんでしょうね。だめよ体を大事にしてくれなくちゃ」

「悪いなんてものじゃないよ。とうに死んでらあ」

「厭だわ、このひと」

エレベーターに乗り込もうとする彼女を、私は扉の外へと突いた。

閉じようとする扉の隙間からなかを覗き、彼女は両の掌を合わせた。

「また来てね」

「来てほしけりゃ四十九日に化けて出てやらあ」

彼女に届いたかどうか、己が喉から発した「四十九日に」が、狭い吊り篭の中に空しく響いた。

灰色一色の狭い箱だ。棺の中そのものだ。そうおもうと、世の中への憎しみが腹の底から突きあげてきた。

扉が開いた。

上階にあがろうと待っていた男たちのなかに、則子の店へ行くのだろう、見知った役人と眼が合った。

芙蓉はボスが通い詰めたクラブだ。省庁の幹部を彼が接待した折、私も連れだったことがある。それが、則子との馴初めだった。

私は手をあげた。すると役人さんも掌を翳し、満面に笑みを泛べた。

霞が関まで歩いた。国会議事堂をとりまく省庁群が雨後のタケノコのように林立している。どのタケノコにもまだ灯りが点いていた。国会開期中である。役人たちは大臣があす読みあげる答弁を作成しているのだろう。

議事堂の裏手へと向かった。

倒木蘇生

ボスは疾うに帰ったらしい。ビルの上階に灯りは点いていなかった。どこぞの料亭で女を侍らせ酒色にうつつを抜かしているのだろう。

エレベーターは彼の事務所がある階を素通りした。

屋上に通じている非常扉を押した。

屋上は人生を閉じるにはふさわしい場だった。無一物だ。暗かった。

はるか遠くに光の帯が棚引いている。則子が男どもを相手にしている、それは銀座の灯りのようだった。

*

男どもが秋の光を浴びている。

潑剌たる声。

「研究所を潰しておきながらボスは俺たちの面倒は何ひとつ見てくれなかったけど、さすが吉本さんだからできることです、俺たちを国の特殊法人に移籍させてくれた」

「綺麗どころのいるどこかで飲みましょうよ」

まんざらでもないと吉本は声の主たちを引き連れ地下へとおりて行く。車をひろえばいいものを、しみったれた御仁だ、ひと駅を地下鉄で移動しようとしている。

彼はホームの端をゆく黄色い線を踏んだ。

私に足は無い。線路に降り、ろくろっ首だ、のびるにまかせのびあがり吉本と目線を合わせた。

とたんに彼の上体がぐらついた。爪先立ち、両腕を泳がせた。

「おいでよ」

私の声が聴こえたらしい。

吉本は線路に落ちた。

入線して来た車両が、彼を轢いた。


国会議事堂の裏手から出て来た車が銀座から下町へ。下町は大川に架かる吾妻橋を渡った。

人通りがほとんど途絶えた。宵闇だ。乗車している御仁、この先でだんまりでも演じようというのか。誰とだ。亡霊とか。

門灯が出迎えてくれた。料亭だ。ここは向島だった。

「あらまあ、あいさん、おひさしぶり」

「お妓さんがお待ちかねですよ。一年も御無沙汰、待たせたって角だして怒ってますわよ」

相田だ。上がり框からひろびろした板の上へ。年甲斐もなくせかせか行く。

向かったのは二階の座敷ではなかった。庭を見ながら行く。襖がひらいていた。離れである。芸妓が待っていた。

「おお千代」

声をかけるなり相田、彼女を抱く。

さしつさされつのひととき。女と客は尋常な仲ではない。長く囲いかこわれていたらしい。

相田は役人として、政界の黒幕として、人心位をきわめた男だが、プライベートではこと金のことになると意外に締まり屋だ。黒塀のうちにではなく離れで逢瀬をとの腹。隣の部屋には気配りよろしく褥が敷かれている。すぐさま床入りだ。

あとは、かの高名な作家が遺した色っぽい物語、『四畳半襖の下張り』の一夜となった。女の情愛こもった手管のおかげで男の血圧は異常に高くなった。女に迎え容れられ、組んずほぐれつ上になり下になる。亡霊がおおいかぶさったとは二人は気づかない。ボスの皺だらけのぶよぶよな臀部を亡霊は持ちあげた。女へと深く圧し込むこと数度。

ギーともグーともオヨヨとも、雄は叫ぶ。雌が泣く。そうこうするうちに急に苦しみだしたのは雄。グワッ、バッタ、と果てた。否、さにあらずこと切れた。動かなくなってしまった。

奇声を発したのは女だ。喚き嘆きし男の様子を見守ったが、茫然とし雄を蔑み、見くだした。

殺したい男がもう一人いる。多崎だ。矢野のように法人の外に出てのち事をなすならまだしも、法人に籍を置いて食い扶持を得ていながら日々、顔を合わせている職場のトップたる私を法廷に立たせた男。八つ裂きにしても飽き足りない。

矢野が自立したあと次に彼にこそ会社を持たせたかった。矢野を見習えと言いたい。だが、彼が会社を持ったとはいまだ聞こえてこない。

空中を飛んだ日までに、すなわち私がまだ息あるうちに、彼の首を絞め得なかったのにはわけがある。

ある日、湯をとおった青菜のように萎れ切った様子で、彼の秘書の初枝が役員室にやって来た。

彼女は私に『退職願』を差し出した。

「君の上司は誰なんだい、届け出る相手が違うだろ、私は受け取らないよ」

「裁判に頼る人なんて私の上司じゃありません」

「訴え出たのは、矢野が先鞭をつけたのを見て未払い賃金を勝ち取り会社をつくるためだったんではなかったのかね」

「資本金に積むにしたってすることが姑息です」

「彼が会社を興してくれると嬉しいんだがねえ」

「あんな人でもですか」

「倒れたも同然の、いやもう潰れている法人の事業を引き継いでくれるのは有難い。君、短気をおこしてはいけないよ。私がここを去るまで、財団が消えるまで、籍を置いてせっせと残業代を稼いで、彼を助けてやってくれないか」

言いつつ私は、『退職願』を封ごと二つに、二つを四つに裂いた。

「何をするんですか」と目を瞠る彼女に、私は言った。

「残業代を手にしてから、以前は家族のようだった職員皆が人が変わってしまった。無理もないよ、労基署に誰かが駆け込んだおかげで懐があったかくなったんだ。心のなかでは皆喜んでいるのだから」

総務部長を呼んだ。

「例のものを初枝に」と指示され、部長は茶封筒を手にして来て、初枝に渡した。

「なんですかこれは」

私は答えた。

「労基署に勧告されてから二十時間をこえる分の残業代を支給してきたけど、勧告を受けるまでの分はまだだったので用意したんだ。二年間、遡りたいところだが苦しくってね、一年分で我慢してくれないだろうか」

初枝は、わあわあ泣き出した。

彼女の眼からこぼれた滴が私の執務机を濡らした。

現業部門を率いている中間管理職には高給を取らせている。それに見合う、否それ以上の働きを、彼らはしてくれた。なかには裏切る者もあったが、法人を支えてくれた皆が皆、一騎当千のつわものぞろいだった。

期限付き雇用の、なかでも秘書連中はどうであったか。彼らは安い給料を苦にせずよく働いた。初枝はじめ彼女らが、私は愛おしくてならなかった。

矢野の秘書だった尚子も、初枝同様、忘れ難い一人だ。

その日は朝から雨が降っていた。

尚子が鉢植えを手にして来た。

「専務さんいつもお早いですね」

「なぜノックしてくれないんだ」

彼女は注意を聞き流して言った。

「駅の花屋さんでシクラメンを買って来たんです。専務さん、いつか忘年会でこの花を歌われましたよね。お目にふれるところに置かせてください」

「君が買って来たのなら矢野君の部屋に置けばいいじゃないか」

「いやなんです。室長の机のまわりはタバコとアルコールの臭いがひどいんです」

「やはりそうだったか。室長らが毎晩、彼の部屋で騒いでいるらしいね」

「酒盛りしてます」

ソファーセットのテーブルに鉢植えを置き、立ち去ろうとする。

私は呼び止めた。

「聞きたいことがある」

「なんでしょうか」

「酒盛りしている連中のことだがね、彼ら、労使問題を議論していなかったかね」

「どうだったでしょう――分かりません」

「役員室は人を持ち上げたり陥れたりする噂の吹き溜まりでね、いろいろ耳に入って来る」

「すみません」

と尚子は二度、頭をさげた。


裁判が結審した。多崎の完全勝訴だった。彼と彼の一味が足取りも軽く法廷をあとにする。

遅れて腰をあげ、私も法廷を出ようとすると、傍聴席から尚子と初枝が起った。

「残念でしたね専務さん」と初枝。

「経営側になんて厳しい判決なんでしょう」と尚子。

二人は固まって、棒立ちだ。

私は二人に笑顔をもって答えた。

すると尚子が決然と口を利いた。

「専務さん、今日こそ打ち明けます。私も専務さんを裏切った一人なんです。私、矢野さんについて行くのは止めました。私――矢野さんに命じられて労基署に垂れこんだんです、目いっぱい残業している、じゅうぶん手当をいただいていません、って」

私は言った。

「知っていたよ」

「え、どうして」

「君がシクラメンの鉢植えを持って来てくれたあの朝に分かったんだよ」

「私、苦しかった。ずっと苦しかった」

私に額を押し、尚子は哭いた。

「よしなさい。私が責めているみたいじゃないか」

初枝が尚子を私から引き離した。

ぺこり頭をさげ、二人は立ち去った。

向ヶ丘の寺を出、マイクロバスが都心へと向かう。

国会議事堂が見えてきた。

裏手へまわって、ボスが生前、事務所を構えていたビルの前に停まった。

自動ドアをくぐると、

『みらい創建株式会社設立発足祝賀会会場』

立て看板の下に、『八階へどうぞ』とある。

バスからおりて来たのは多崎と多崎をとりまくいずれも旧財団の室長たちだ。続いて、私がこの世に遺した妻信子らがおりて来た。

八階にあがると初枝と尚子が祝賀会会場の入口で受付をしていた。

多崎がついに会社を興したのだ。

舞台がしつらえられている。横断幕の七文字、『設立発足祝賀会』が墨蹟も瑞々しい。

最初に登壇したのは多崎だった。

「旧財団の実績を引き継ぐことになりました。私は二十五年、財団に育てていただいたのですが、上司であった古河哲也さんを裏切りました。地裁に訴えました。訴えて旧室長であった私らは、総額一千万円の未払い賃金を取り返しました。そうするのが世の中の正義だと考えたからです。ただし、誰ひとり懐に入れませんでした。社会に還元しようと、一千万円を会社設立の資本金に充てたのです。身勝手だ姑息だと皆さんお考えでしょうが、旧法人を閉じるまでの古河さんのご苦労を思い非道を詫びるにはそうするのが一番いいと思ったのです。亡き古河さんに縋って私は許しを乞いたい。実は今日、古河さんの四十九日法要が向ヶ丘でもたれました。法要に参列させていただき私は誓いました、いい政策を提言して古河さんの志を引き継ごう、と」

続いて二人の来賓が祝辞を述べた。旧財団を監督していた省の監督官尾崎と、東洋銀の正木支店長の二人である。

尾崎は言った。

「私は古河さんを呼び出して『命令書』を突きつけました、貴法人はこのところ資産計上して決算を辛くも黒にしているが事業の収支は赤だ、経営を建て直す計画、巨額の借入残を消す計画を策定して直ちに実行せよ、と。国が民間に対してする行政処分なのですが、古河さんは臆するどころか私を脅迫しました、これまでも半年ごとに計画を提出してきているではないか、その都度あなたは嗤っていた、まあ頑張れやと、今になって処分するというのはご自身のご都合主義からなんでしょう、あなたが私らに送り込んでいる部長らを、赤字続きのこんな法人は危なくてしょうがない、と引き上げさせておいての『命令』じゃないのですか、と。見てくれや風采はともかく古河さんは骨のある男でした」

次に登壇した正木は渋々というようにマイクの前に立った。

「私どもがこれからもおつきあいさせていただくのは、旧財団を閉じるにあたって古河さんが誠意を示してくれたからです。債務の一割を内入れしてくれました。本当のところそんなていどでは話にならんのですが、しかし彼は武士ではないけれど腹を切ってくれた、このビルから飛んで自死をもって償ってくださった。金も大事だが、まっすぐな心に私は返す言葉が見つかりません。で、考えました。旧財団の政策立案力を失うことは国にとって損失です。旧財団設立の趣旨目的、実績を引き継ぐという多崎さんらを、私どもはこれからも支えます」

男ども三人の弁は慰めにならなくはないが、そう嬉しいとはいえない。

会場を見回すと、血のつながりのある三人が目に入った。

会場正面の隅からステップを踏んで来た孫の雅子を母晶子が抱き止めて言った。

「あら、おじいちゃんが、どうしたんだって言ってるわよ」

促されて雅子は、ステップを踏み直し、舞台の袖へと引き返して行った。

バッハの『シャコンヌ』が会場に響き渡った。

妻信子の誕生日を祝って、晶子が花束を、雅子は「ばあばを描いたよ」と絵を、それぞれ手にしてやって来た。絵は、鉛筆でちょいと似顔をなぞっただけだったが、目が笑っており、左の頬の笑窪を見逃してはいない。雅子には絵心があるらしい。

私は孫に何かプレゼントしたくなった。

六十分のカセットテープを三本、背後の書棚から取り出し語りかけた。

「じいじいが死んだらね、じいじいを想い出したらね、これを聴いておくれ」

「なんてこと言うのよ」と妻。

「お母さんの古稀をお祝いする日に縁起でもない」と晶子。

そう言う我が子に私は、嘆願した。

「世界のヴァイオリニスト十二人の名演が三本にきっちりおさまったんだ。息引き取った私にこれを聴かせてほしいんだよ」

晶子の眼は潤まなかった。

私は説いた。

「悲しみあり歓びあり祈りありだ。晶子も疲れたとき聴いてごらん。泣きたくなるよ。どんなに落ち込んでいても、私がそうだったんだ、癒され励まされ勇気づけられるよ」

聴いて晶子は何をどうしたか。片手でテーブルを掃いた。居間の壁へとテープを投げ飛ばした。

信子が起って、テープを拾い集めた。

私は言った。

「縁起でもないというのは間違っている。いっとう年上の私が先に逝くのはめでたいことなんだよ。仙厓和尚が画に描いているように、もしも死ぬ順番が狂いでもしたら、晶子、お前が先にあの世に逝こうものなら、私らや雅子にとってそれはそれは悲劇だ地獄だ」

さらに言いたいことがあった。だが、そのときがきたら信子がいいようにしてくれると信じるから、あえて私は晶子には告げなかった。

私の貌は鼠に似ている。長い髭こそたくわえていないが、眼と口が鼻へと寄っており、顎がすぼまっており、鼠面だと法人の内そとでよく揶揄されたものだ。右の眼のなみだ袋の下にある一円玉大のシミが寄せ来る年波を受けて黒ずんでいた。私に少しく貫録をそなえさせてくれたのはそれだけだ。長い眉毛が、長寿のしるしではあっても左右とも七、八本、上目蓋をこえて眼へと垂れていた。鼻孔からは毛がのぞいていた日もあった。

そういうわびしい面構えだから、棺に納める際、毛を剃り落とし刈り込ませ、なみだ袋の下のシミは厚化粧で隠してもらいたい。そのように妻がし忘れるかも知れないので念のため晶子にも頼んでおきたかった、鼠面の死相が少しは見栄えがするだろうから。

晶子に頼んでおくまでもなかった。信子が私の期待に応えてくれた。

だがしかし、棺の外に心外なことが。それは何か。祭壇の黒枠の額縁におさまっている写真である。およそ喪主たるもの、笑みを湛えている一枚を選ぶべきであろうに妻は、顎をすぼめ口吻を尖らせ気難しい顔をしている写真を選んでしまった。まさしく鼠面だ。

だが、致し方あるまい。正真正銘、それが私なのだから。


財団法人は社会的になにがしか貢献しようと船出をするものなのだが、目的を果たし終えたならばいさぎよく社会から退場すべきだ。

そして、法人を船に譬えるならば、船が沈むときには、舵取りをしてきた役員も船と運命をともにすべきだ。

私はだから沈んだ、海の底にではなく、高みから地上に飛びおりて。

私はいわば倒木だ。希望の芽を木肌に持っている倒木だ。朽ちた樹肉から新しいいのちを芽生えさせる倒木だ。芽はたいして日をおかず若木に育つだろう。

唯一、採算が取れている部門は、幸い他社に売却されることなく、早々に自立させた。あとに続いて自社を持ったのは矢野だ。そして多崎も設立祝賀会を無事に終え、設立発足の運びを迎えた。当座、三社はひよわかもしれないが、喜ばしいことに一切、負債を負っていない。活き活き育つだろう。

私はそろそろ眠りに就こうか。

四十九日間、空を漂いこの世に未練を抱き続けてきた私だが、未練も薄らいできている。

とはいえ、過ぎし日のあれこれ映像がゆく先々に浮かんでくる。

霞が関を背にし多崎が俯き立ち尽くしている。何を見ているのだろう。

アスファルトの罅割れから生え出ている一本の雑草をだった。

多崎よ、と私は呼びかけた、会社を興したはいいが年を経ぬうちに風に吹かれただけで倒れかねない雑草のような存在になってはいけないよ、と。

思いが届いたのか、多崎はやにわに雑草を抜き取り路側に放った。

想い出したくもない映像が、とたんにゆく手を遮った。

多崎が代理人とやって来て、法廷へ入って行く。後を追って代理人黒元に連れられ、私も入廷する。

多崎は原告側の席に、向かい合う被告側の席には黒元と私が腰をおろす。

黒ずくめの裁判官が壇上左から水平に移動して来て中央に静止した。

書記が告げた。

「平成――第一七二九号――未払い賃金請求――開廷します」

「証言者は前へ」

裁判官に促され私は証言台へ。宣誓した。

黒元が尋問した。

「原告は、被告が部長をしていたころ直属の部下でしたね。社会通念に照らせば、職場の上司を訴えるなど思いもよらない。膝を交えて相談すべきです。どうでしたか」

「一切ありませんでした」

「なぜですか」

「鼠面の私が頼りがいがなかったのでしょう」

「原告の恨みをかうような、あなたは何かしたのですか」

「年俸を下げ過ぎました。前任者が年俸交渉の結果、完全な合意に辿り着いてもいないのに放置しておいたのです。不当に下げられたままである年俸をさらに、こんどは私が、破産する瀬戸際に財団が晒されていたものですから、全職員公平の原則に則って一律カットしたんです」

「従業員一般の反応はどうだったんですか」

「多くは不満ながら致し方ない、と」

「納得していたんですね」

「原告以外は」

「これで尋問を終わります」

原告の代理人が私に迫った。

「非常時には必要なだけ下げられるよう年俸規定を改めてから一律カットすべきだったのではな

いですか」

私は黙秘した。

「あなたに責任はないと言うんですね」

と、代理人は怒りをあらわにした。「いくら年俸を下げるといっても結果はひどすぎる。調整のための財源を用意し必要なら上積みをしてやる気を起こさせるというような懐の深さも柔軟性もない。労働者が生活できるようにとの配慮に欠けている」

「法人存続のため背に腹はかえられませんでした」

「核心に触れます。被告が取り仕切った交渉は、年俸規定を改めるか否か以前の、原告憎しの一念あるのみだ。問答無用、激減させた。原告は五十五才。前の月まで六十四万円を手にしていた。その手取りを二十六万円に——こんな月給を振り込まれて、奥さんや子どもさんはどうしたらいいんだ。どう生きろと言うんだ。はちゃめちゃだ。これで尋問を終わります」

頭上の半穹が赤く染まりつつあった。

多崎が私を待っていた。

彼に私は声をかけた。

「君とは列島の北から南まで地方を飛び回ったね」

倒木蘇生

「ハヤブサのように」

「君のふるさとの信州にも出張したね」

「古河さんは馬刺しが絶品だってとても喜んでくださいました」

「私は午年の生まれだ。あのとき初めて共食いさせてもらったよ」

「古河さんとは家族ぐるみ親しくさせていただきました」

「――」

「お孫さんがとても可愛かった。ほら、そのお孫さんがあちらから駆けて来ますよ」

西日を浴び、小さな人影が弾んでやって来る。

その影が浮いた。空を飛ばんとした。

「危ないよ、どこへ」

捕まえようと私も弾む。

浮きあがった。

空を翔けた。

石

ふるさとの弟から便りが届いた。

『与一伯父さんが田地田畑を売り払って東京に行ってしまったあと、与吉じいちゃんの魂が宿っているからと伯父さんが手つかず残してくれていた西の丘の自然林が人手に渡ろうとしている。リゾート開発業者が乗り込んで来て、丘一帯にゴルフ場を造ろうとしているんだ』

ひと月後に今度は古稀を迎えた父勝二からの便り――

『自然林の管理をあずかっているのはあんただろう、と町長がやって来たよ。町繁栄のために協力してくれという。十年前に、彼の再選を阻もうと立候補した私に二度と立たないでくれと頭をさげるならまだしも、おそらく業者から選挙資金を出してもらったのだろう、汗たらたら逆陳情だ。あの丘は、明治三十一年に海を渡って入植した開拓者が、けものみちづたい南下して来てこの盆地の原生林がおおう樹海を見下ろした丘だ。開拓者にとっては聖地だ、丘を丸裸にするだろう人手に渡していいものか。開拓者の魂を東京の業者に売り渡す気か、と町長に怒声を浴びせてやったよ。業者に計画を変更させろと説くと、国のリゾート法にのっとって北海道庁が受け取った計画だから変更してくれまい、と言う。ならば私が先頭に立って、国に町に抗議ののろしをあげるぞ、とぶっておいた』

父は一歳年上の義兄、在京の与一にあらかじめ意向を質したらしい。

与一の返事は意外に淡泊だった、あの世に逝く日があすにもやって来る身だ、どうせ高くは売れない山林だ、どうするかは勝二の一存に任せるよ、と。

第三便が届いた。弟からだ。

『父ともども業者を呼んで計画変更を強要してやった。自然林の西の斜面は計画どおり拓くがいい、しかし東斜面はまかりならん、どうしても計画から外したくないなら手をつけず、開拓当時の原野を偲ぶことができる庭園にせよ、そういう条件を呑むなら、売却に応じるかどうかを東京の伯父に打診してもよい、と言うと業者はそそくさ帰って行った』

第四便が届いた。父からだ、嬉しい報せだった。

『計画を望みどおりに変更するという。その上で相場の三倍の値で山林を買うと言って来た。年明けにも上京し与一を訪ねるからお前もついて来い。義兄に会うのは久しぶりだ。札束を手土産に行くのだ、与一はきっと悦ぶだろうよ』

南北十キロ、東西五キロの盆地は与一の父と、勝二の両親とが入植したときは見渡す限りの樹海だった。東に十連の屏風を立てたように岳々が連なり聳えていた。原生林に踏み込み樹海の底に身を置くと岳々は望めない。勇姿を一望にするには、西に波打つ丘うえからにしくはない。人びとはときに丘にのぼり連峰を眺望したものだった。

老いて人びとは皆、盆地に骨を埋めたいと思う。そこで丘の東斜面をは村民の共同の墓地とした。

開拓がなって余裕ができた人びとは、連山を望むことができる高みに土地をもとめて木を伐採し畑地とした。そうすることを誰より先んじたのが与一の父、与吉だった。畑作だけを目的として、ではない。山林そのものを己が魂がとわに休めるところとした。それが「自然林」である。林に分け入る路をつけ、下草にまんべんなく陽を当てよう、それを邪魔する木の枝を払う、のほかは与吉は一切、山林に手をつけず繁るにまかせた。

あとを継いだのが与一だ。

畑を耕す、山林の世話をする、そのために用いる機具を取り備え置き、秋には実りを収納する、などの必要から小屋を建てた。そして与一は、自然林の入口に牛が膝折っているかのような形、大きさの石を据え置いた。東の連山の懐深くからトラックで運んで来たのだ。盆地を見下ろし石は岳々を仰ぐ日を送った。石工に『自然林』の三文字を彫り込ませた。『自然林』に『与吉ここに眠る』の七文字をも添わせようとしたが、石は言った「よせ」と。

業者に売られては二度と自然林を散策できまいその前にと、私は帰郷し弟とともに丘に足を運んだ。

石はすなわち与吉だ。

与吉に変わりはなかった。私が生まれたとき、正確には私が生まれるよりひと月早く、祖父はみまかった。だから私は祖父の顔を知らない。だが石となった彼に会うことができた。

ゆるやかに爪先上がりの斜面をのぼり、さらに西の斜面を下る。どこまでもクマザサにおおわれていた。

柏がある。楓がある。ブナがある。楢がある。万葉びとが謳ったように、まさに蔓に巻きつかれている樹もあった。

落葉松があった。ほうの木があった。

私の祖父母と与一の父が入植して以来、人びとは年に一度、報恩講をと寄り合い経をあげた。読経のあとはなおらいだ。椀も皿も数が揃わないので女たちは、持ち寄った馳走をほうの木の葉に盛りつけた。

莫蓙に腰をおろし作業小屋の窓から岳々を望みつつ弟は私に語り聞かせた、与一がふるさとを去った朝を。

雨が降っていたという。

与一とその妻フサオ、長女のきぬ、その婿素一は、与吉が命懸け汗して得た家屋敷、田畑を人に売り渡した。亡くなった与吉はあの世で怒ったことだろう、何てことをするのだ、と。とうてい言い訳できまい。与一たちは夜逃げ同然、村から去るのだ。にもかかわらず村の人びとは、否だからこそか、去って行く人を惜しんだのであろう、盆地を貫き走っている鉄道の駅頭に黒山をなして与一たちを見送った。

フサオ伯母の目が潤んだ。

勝二が与一の手を握って質した。

「義兄さんは辛くないのかい」

与一は言った。

「さみしくないさ、私の代わりに自然林を残したんだから。あとは頼む、山持の代理をつとめてくれや。誰にも渡すなよ」

「大丈夫だよ」

「いっそ勝二が買い取ってくれたらいいんだがなあ」

勝二は答えた。

「子沢山で物入りでなあ、そんな余裕はないよ」

与一の父、塚田与吉は単身入植した。勝二の父、古河新松は団体を率いて現地入りした。

新松は与吉に言った。

「木を伐り倒しただけでは開拓したことにならない。子を産み育て子々孫々、この地に根を張らせてこそ、なるのだ。越中からの入植だそうだね、くにからいい人を呼び寄せてはどうか」

与吉は聞き流した。女には目をくれそうもない男だった。

ところが、鬱蒼とした森を一町歩ばかり拓き終えた夏のこと、与吉の掘っ立て小屋に子連れの女が転がり込んで来た。

「一昼夜かけて歩いて来ました。私をこちらに置いてください、身を粉にして働きますで」

土下座をし地面に額を擦りつけた。四、五歳の男の児を連れていた。児も、「こちらに置いてください」と母の所作をなぞった。

訊けば小樽から上川のまちまで流れ着き、宿で女中奉公をしていたという。ある夜、泊まり客の膳の相手をした。フーラ・ヌイ原野に入っている団体入植者の一人だった。後から来道する妻子を出迎えようとサッポロにのぼる途中だという。

「くにはどちら」

「私は加賀からです。もしやそのフーラ・ヌイとかいう原野に、加賀からのお人は入ってられないですか」

「越前からだ」

「さてどうだったか」

「原野で一番の働き者はどなたです」

「そうさなあ、塚田の与吉さんかなあ」

「その人、お連れ合いは」

「独り身じゃよ」

与吉の小屋に転がり込んで来た児連れの女は、「与吉さんという人はどこに」と人に尋ね尋ねて辿り着いたのだという。

しかし与吉は母と児を小屋に入れなかった。

今日も樹を伐り倒そうと翌朝、小屋を出ると、女と児はまだ軒下に坐していた。

夜が更けて戻って来ると、二人はさすがに横になっていた。

朝になった。与吉が読みあげるお経を聞きつけ、女が小屋内へといざった。

「あなたはもしや加賀のお生まれでは」

「越中じゃよ」

「今あげられたお経、亡くなった私の父の読みあげにそっくりでした」

与吉は考えた、三日も坐り込んで去ろうとしないからにはどんなに苦しかろうと辛抱してくれるだろう、乞食のようなこの女と苦楽をともにしようか、と。


ちかというその女と与吉は六人の子を授かった。連れ子は幼いながら戸主として道庁に届け出、のちに自立させた。実の子の長男が与一だ。与一には家屋敷をはじめ財のすべてを継がせ、残る五人の子のうち男子は分家させ、女子は村内に嫁がせた。

与吉は長男に「何ぞ欲しいものがあるかや」と訊いた。すると与一は「世界の文学を読み漁りたい」と言った。「そがなもの読んでどうするんじゃ。だいたいお前、読む気があるのか」と突き放したのであったが、与吉は四十キロ先の上川のまちに出向いた折、書店に立ち寄って全集を注文してしまった。後日、受け取りに行ったのは与一だ。大風呂敷に包み背負って帰って来た。そして、父とともに農に汗し疲れた体に鞭打ち、暗いうちから起きだして睡魔と闘いつつ読み耽った。

全集を完読したと聴いた父与吉は、次に哲学全集を取り寄せて与えた。哲学書は難解で手に負えなかったが、釈迦の誕生から涅槃にいたるまでを識ることができた。タゴールやガンジーの思想に感動を覚えた。

与一は勝二の妹フサオを娶った。五人の子ができた。子らは、父親が農に従事するかたわら己が望む生きように徹しているのを見つつ育ったから、長女ばかりはおっとりしていて欲が無かったが、残る四人は父を見習い欲するまま生きようとし、揃いもそろって東京に出たいと言い出した。与一はそこで息子二人には東京都内にそれぞれ土地つき一戸建ての住まいを買い与え、結婚すると言う娘には恥しくない持参金を持たせた。結果、与吉から継いだ田地田畑は半減してしまった。あとを継いでくれるのは長女のきぬしかいない。婿を取らせた。婿の名はあたかも与一の実の子のような名、素一だった。

きぬと素一には男の子が二人できたが、うち街に出た次男坊が博打をし大枚の借金をこしらえてしまった。きぬ夫婦は与一に泣きついた、借金の返済の肩代わりをしてやって、と。この求めにも応えたので、きぬ夫婦が営農し続けるのは困難になってしまうほど与一の継いだ財は乏しくなった。

きぬは言った、いっそ私らも、父さん母さんも一緒に、村を離れ東京に出ようよ、と。

自然林をゴルフ開発業者に売り渡した金を懐に、父勝二が上京して来た。

東武東上線の成増の駅から徒歩で五分ばかりの住宅地内に、素一ときぬ、与一とフサオは借家住まいをしているという。

気が進まなかったが、私は父について行った。

祖父が拓いた土地から出て行くとは何たることか。伯父は子に甘すぎる。子らに財産を食い潰させてよいのか。与吉の実の子六人にも本来、なにがしか分与されてしかるべきだ。が、私の母などは何ひとつ譲り受けられなかった。同じ血脈を享けていながら母は不遇だ、と私は憤懣やるかたなかった。

訪ねたのは木造平屋の一軒屋だった。老いと若いと二組の夫婦に向き合うなり、父は卓袱台に札束を置いて言った。

「借家住まいだね。業者からぶんどってきたこの金でこの家を買い取ったらどうだい」

フサオもきぬも素一も、どう答えてよいものかと言葉をさがしつつも一様に顔をほころばせた。

きぬが夫に言った。

「あんた、この家買い取らなくたっていいんだよね」

「そうだとも、東京じゃ土地を持たなくていいんだ」

「あんたの夜警のはたらきで当分食べていかれるもんね」

「ま、そのうち都心の便利のいいマンションに移るべ」

「お金は大事にしなくちゃね。孫の借金が片付いていないし、片付いたら結婚させなくちゃ。孫ができたら学校に入れなくちゃ。お金のかかることばっかりだもんね」

伯父の孫の借金はいくら残っているのか。おそらく高利で借りていて首が廻らなくなっているのだろう。伯父ひとりが口を利かなかった。

なんと彼は、朝起きだしたときの寝間着をつけたままだ。毛むくじゃらの脛をあらわし胡坐をかいている。右の手は一升瓶を引きつけている。卓袱台に湯呑みを三個、並べた。酒を注いだ。二個を勝二と私の前へ送り、一個をくーっと乾した。婿の素一には酒を勧めなかった。

父は無言の乾杯に応じた。

私は伯父がなれの果てを見せつけていることが気になって仕方がなかった。

私は言った。

「与一伯父さん、そんな格好をしていていいんですか。昼ひなか寝巻姿で酒食らってていいんですか」

伯父はハハと嗤った。

「与吉じいちゃんが空から見下ろして情けないって嘆いてますよ」

与一は不意に私を指差して言った。

「そう言う哲也は与吉に生き写しだ。与吉がそこに居る。ワシに何を言いたいかぐらいはワシは百も承知だわ」

「と言うことはよ」

とフサオが夫に相槌を打つ、「血は争えないわねえ」

会話がまったく途切れてしまった。

皆の虚をついたのは与一だった。

札束を鷲掴んで言った。

「これでワシ、インドに行く。釈尊巡拝の旅に出させてもらうわ」

呆気にとられている身内に彼は言った。

「心配するな。全部使うとは言っとらん。ほんのちょっぴりだ。一割どころがその半分の半分でじゅうぶんだわ」

与一が仏跡巡拝を思い立ったのはとうの昔のことである。与吉が買い与えてくれた哲学全集を読んでのこと。釈迦が王宮を出て修行の旅に出、衆生に説き、菩提樹の下で入滅するまでの地を尋ねたい、と発願した。

以来、いまだにその想いを熱くしていることをフサオもきぬも知っている。にもかかわらず、きぬは言った。

「父さん、インド行きは止めて。さっき言ったようにさ、息子の借金まだ残っているんよ。うちの人の稼ぎじゃあ借金きれいにするまでには何年かかるか分からないんだからさあ」

空に視線を泳がせている伯父に私は質した。

「発つのはいつです」
「秋だ」
インドに最初に降り立つのはカルカッタかそれともデリーか。伯父のする遍歴の旅が、私の胸裡に浮かびかつ消えた。

駅まで送ると言い、伯父は寝間着の片袖を脱ぎ裾をだらしなく引き摺りつつ奥へ消えた。居間に戻って来た彼は別人としか見えなかった。伸びほうだいであった髭が剃り落とされていた。春芽吹いた自然林の一樹の立ち姿かと想われた。薄緑色のスーツを着、黄緑の鳥打帽を頭にのせていた。つい先ほどまで死に体も同じとしか見えなかったが、十年前の伯父に還っている。四、五百メートルでしかない駅までの路を、父と肩を並べて行く彼の足取りを見て私ははっとした。半世紀、農に励んだ足だ。弾んでいる。速さといい歩幅といい父に少しも後れを取らなかった。

古木であることには違いないが楢の樹か柏か、彼のあとに私はついて行った。

盆地がまだ完全に拓かれていないころに、この人は世界の文学を読み漁った。私がこんにちまでに親しんだ小説は伯父が読了した数の半分にもなるまい。その事実を恥ずかしいとも思わず私は小説を著すイロハがさも分かっているかのように書いている。ふるさとを離れるまでに私は何度も伯父の家を訪ねた。そのたびに彼の書斎の書棚の前に立った。どの一巻を取ってみても、巻末には年月日が鉛筆で記されていた。読了した日である。一度きりではない。すべての書を三度も読み返していた。世界を逍遥して彼が行きついた先が、ひねもす寝間着姿で過ごす毎日であるとは思いたくない。今日にしているスーツをめした後ろ姿だと思いたい。この人のあとについて行くならば、世界から何を得たのかを聞くことができるかも知れない。書くならこう書け、のひとことも教えてもらえるかも知れない。

そう考えていると、駅に着いてしまった。

「勝二よ、今日はお前さんに極楽で会えたような気がしたよ」

「俺も嬉しかった」

と手を取り合っている二人に私は割り込んだ。

「伯父さん、インドに発つ日と旅程が決まったら教えて下さい」

懇願した。

「見送ってくれるのかい」

「伯父さんと一日でもインドを旅したいんですよ」

父はむろん与一も瞠目した。

私は打ち明けた。

「リビアに行かなければならない仕事をかかえているんです。南周りでドバイ経由で行く予定です。途中、インドに降りればいいだけです。一箇所でも仏跡に連れて行ってください」

「独裁国のリビアに行くっていうのか」

と、伯父は問う。

曰く言い難いことが私を圧し潰そうとしていた。日々の糧を得ている法人が倒れそうなのだ。九億円もの銀行からの借入を返済できずにいる。借財を少しでも減らし法人を建て直さなければならない。そういう期待と重責を私は背負わされている。リビアを助けられる調査をしてカッザフィーから一億か二億円オイルマネーを引きだし、結果、法人に利をもたらさなければならないのだ。

そういういきさつを口にすることなどは想いもよらなかった。

『インド仏跡巡訪のツアー』を企画した旅行代理店のガイド、松村に率いられた一行は、伯父を含めて七人だった。同じ旅行代理店に搭乗券の手配をしてもらった縁で私は彼らと途中までの同行を許された。二泊三日、伯父と同行することが叶った。

機内では映像や音楽などのサービスこれありだ。が、与一は瞑目し念仏三昧のときを送っているし、私は私で書物と首っ引きだった。リビアはイスラムの国である。仕事をするからには相手国を知っておかなければならないとコーランとその解説書を読み続けたのだ。

コーランの一節を読み終えるごとに私は、伯父に声をかけた。

「驚きましたよ。盗むな、殺すな、仏教の教えとなんら変わりませんよ。よきことをせよ、喜捨せよとありますよ」

伯父は言った。

「その通りさ。仏教も、キリスト教も、ジャイナ教も、そこまでは同じさ」

と言い与一は眼を閉じる。あとは念仏を唱えている。


インドの東部カルカッタに着いた。

入国手続きをする人の列に並んだ。装い、肌の色、貌がさまざまだ。信じている宗教もさまざまだろう。天井では木製の大きなプロペラが人びとに風を送っていた。

空港から宿所までの道すがら目にしたものは想像を絶する光景だった。老いも若きも、女も児も、食べ物をくれろよと手をさしのべて来た。せんべいでもキャラメルでも、口に入る物は何であれ袋に詰め込み抱えて来るべきだった、と私は悔いた。

翌朝、夜が明けようかとして、宿の窓から外を眺めると大地に深い霧がかかっていた。

市内をあるいた。ジャイナ教、ヒンドゥー教の寺院を見た。街なかではあり、祈りにやって来る人は比較的、恵まれた階層の信者が多いようだった。日本人がするように彼らは花を捧げ坐して祈っていた。

とある街角で、羊の首を刃物で突いている人を見た。血に平安を託そうというのだろうか、額に血のりを塗りつけていた。

鼻もへし曲がろうかという臭いが漂ってきた。ガイドの松村によれば、牛糞を燃料に使っているという。

井戸から水を汲んで、土埃舞う地面に撒いている人があった。なにがしか口に入る物を育てようとしているのだろう。

路上の牛糞を手で掬い家へ運び入れている女を見た。その家の前には木製の腰掛けがひとつ、ひっついがひとつあった。

まちを通った。

ミシンで縫い物をしている女を見た。

またも貧民の群れを見た。彼らは地面に黒豆を散らしたように伏せていた。彼らを見て見ぬふりをして松村が行く。

彼のあとについて黒豆を分けた。

その時だ。伯父の上体が前のめりになった。豆ならぬ何かに躓いたらしい。

すると彼の前に媼が立ち塞がった。お恵みを、と手を差し出した。

なぜ、どうしてだろう、伯父の口から発せられたひとこと。

「母さん」

疾うにこの世にはない祖母が、忽然と伯父の前に現れたのだろうか。お恵みを、と二度乞われて伯父はポケットに手を入れた。百ルピー紙幣一枚を摑み出した。

すかさず札を、媼が奪い取った。握ろうとしたのは彼女だけではなかった。媼のまわりに集まっていた七、八人がいっせいに手を差し出した。幼い児も、枯れ枝のようにひょろりとした体の男も、老いさらばえた爺もが、「我にも。三日も食っていないんだ」と喚き散らした。

「よしなよ。恵んだところできりがないよ」

と言いつつ松村が先を急ぐ。

なるほど、この地で人を救えるのは仏だけだ。

物乞いたちは諦めて手を引っ込め、媼を囲んだ。媼は何か口走った。あっちへ行こう、とでも言ったらしい。彼女を先頭に皆ぞろぞろ路地に入って行く。牛糞が臭って来るあちらで、皆で何か食らおうというのだろう。その日の恵みを分け合いそれぞれの胃に今日はじめてのなにがしかを入れようというのだろう。

媼のうしろ姿を、与一の声が追った。

「母さん」

叫びつつ伯父の手は地を掃いた。自分をつい今しがた躓かせたのは何だったのか、と地を掃く手が問う。

それは石だった。石は伯父の掌に握りしめられた。

じっとそれを見詰め、伯父はポケットにしのばせた。


その日の夜、二人部屋に籠もったとき、伯父は述懐した。

「今日、ちか母さんに会えたよ」

伯父が言うには、流れ流れて掘っ建て小屋に辿り着いた子連れの乞食同然の女と添い遂げた父与吉は、女にとってだ、この世でまみえた仏だった。

仏のような父に比べてワシはいったい何者なのだろう、と伯父は自問しつつ、私に語って聞かせた。

子育てはしたが子の求めに応じてただ与えるだけのワシは父親だった。東京に出たいという子を止めず、実はふるさとから追い出したといったほうが当たっているかも知れない。仏跡を巡ろうと思い立って以来、ようやく渡航できたのは勝二が金を持って来てくれたからだが、実はあの世の母が「おいでよ」と呼び寄せてくれたのかも知れない。伯父はそう語った。

私は言った。

「伯父さんの名は『与二』じゃないですか。与吉じいちゃんがつけてくれた名を体して、コーランのいう喜捨に励んだだけじゃないですか」

伯父は涙した。

インドの夕べが迫っていた。

六字名号（みょうごう）を唱えさえすればどんなはたらきをした人間も救われるという真宗の教えは、私も聞きかじっている。その本質を語ろうというのだろうか、伯父は言った。

「名号の『名』という字はな、『夕』と『口』から成っている。夕べは昏く物が人がよく見えないので、仏に縋るには言葉、名号をもってするしかないのだよ」

言って念仏を唱えた。

伯父によれば、口から「母さん」が出たのが幸いして、母さんが目の前にあらわれてくれた、母に会えた、と言う。

人間、母の胎内に十ヵ月あってのち世に出る。この真実ばかりは、幾億年、人の世を貫いている。伯父は言った、「いまだワシは母さんの胎内にあるんだ、そんな気がするよ」と。

カルカッタから北へ、ブッダガヤへ移動した。

釈迦が六年間苦行し山を下り、スジャータから乳粥の供養を受けた。そして菩提樹の下で悟りを開いた。

翌早朝、霊鷲山（りょうじゅせん）への爪先あがりのゆるやかな傾斜をのぼった。

伯父は語った。

「この地はな、私が総代をつとめた寺の総本山が調査をしたんだ。で、釈迦が説法された地だと確証を得たんだよ」

その日の夜のことである。ツアー同行者との歓談の場がもたれた。こどもへのみやげを何にしようかと呟く人があった。姑への不平を漏らす人があった。行く先々で貧民のあまりに多いことを嘆きつつも、しかし日本でも貧しい人が少なくない、母国の救済のほうが先だよ、とする人もあった。

翌日、私は一行と別れカルカッタに戻らなければならない。与一と名残を惜しんだ。

「あすはお別れです」

すると伯父は私の二の腕を摑んだ。

「デリーまであと五日だ。さいごまで一緒に旅してくれまいか」

「飛行機の乗り継ぎはカルカッタでなければなりません」

「デリーから飛べるよう松村さんに何とかしてもらおう。余計に金がかかるようならワシが出すで」

「先遣隊がリビアで待っているんです」

「到着が五日遅れるとすぐ連絡したらいい」

伯父の目が潤んだ。

私は質した。

「伯父さん、まさかと思うけど、日本を発つ前からガンジスに身投げをするつもりだったんじゃないでしょうね」

伯父は、己が生を諦観している。淡々と心境を明かした。

「そう思っとったよ。ワシに死なせたくなかったら、デリーまでついて来るんだな」

今度は私の眼が潤んだ。

一生の涯までの長さに比べたら、五日間などは瞬く間だ。重要な五日だとは思えない。

伯父は言った。

「日本に帰ったところでワシはどうでもいい人間だ。ぐうたらな小汚い人間でな、だから子らはワシの命などたいして大事に思ってくれとらん。いつ骨になってもいい、早う骨になってくれ、ってな。インド行きをやめろと言ったぐらいだ。気になるのはフサオだが、フサオは膵臓癌を患っていて今年いっぱい持つかどうか分からん体だ。菩提樹の下で頼んで来てやる、と言ってワシは旅立って来た。苦しまず死なれるように、後生よいように、とな」

とめどもなく涙が溢れたのは、そう語る本人ではなく、私の方だった。

私は携帯電話を手にした。

伯父の顔が崩れた。泣こうとしたのではない。歓んだ。声こそ出さなかったが、和顔が破顔と化した。

先遣隊と話がつくと、伯父はしみじみ呟いた。

「ワシの寺の教えはな、無用の用となれ、だ。生を安んじ死を楽しめということだ。死ぬることができる喜びに浸れということだ。この世あればあの世無かるべからざる。涅槃を期待する心じゃよ」


カルカッタから北へ、北から西へ、そして少しく北へ、そして西へ。すなわち、釈尊が法を説いたラージギールへ、法が世界にひろまる拠点となったベナレス近郊のサルナートへ、ゴラクプールのクシナガラ入滅の地へ、そしてデリーへ、と移動した。

振り返って伯父は語った、ラージギールが想い出される、と。私もだ。ラージギールは五つの山に囲まれていた。伯父も私も実はふるさとを想っていた。

フーラ・ヌイ盆地にも連山があった。父与吉が生まれた地、越中にも連峰があった。立山だ。神がいますといにしえ歌人に謳われた連峰だ。その連峰を右に見つつ与吉は北へと海を渡った。そして陸にあがり入植の許可を得ようと役人に対面した。「山々が連なっている土地は無いかや」と尋ねたところ役人は、「ならばフーラ・ヌイ原野がよかろう」と勧めてくれたのだった。

その地を与一は捨てた。与吉の子孫が骨を埋めるべきフーラ・ヌイをだ。

七日目のさいごの道は長かった。祇園精舎サヘト、舎衛城マヘトを訪ねた。日本国から寄贈された鐘の音を聴いた。

宿で伯父は日本への便りを認めた。旅が終わる宿から便りをしたのでは、手紙より先に本人の体が故国に着いてしまうではないか。そう考えると、私は不安になった、あす別れたあとどこぞで伯父は首を吊る気なのではないのか。

心配は杞憂に終わった。

デリーの空港に向かう直前に伯父は言った。

「今生の別れだ。これはな、お前さんにワシの手から渡す形見だ。受け取ってくれないか」

拳を差し出した。

握られていたのは石だった。伯父を躓かせた石だ。

「お前にはこれ何に見える」

と、問われて私は答えた。

「自然林の与吉じいちゃんの石を小さくしたようだ」

「ワシには霊鷲山に見えるぞ」

「そう言えばふるさとの十勝岳にも見えますね」

四角錐を立てたようである。先端がやや尖っている。空に向かって聳えている。テーブルに据えると、すわりがいい。指で突いても引いても動きそうにもない。

インドの地に降り注ぐ灼熱を存分に吸い込んだか、赤茶けて硬い。

「さあ、これを懐にリビアに飛び発てや」

と伯父は言った。


ひと月ののち、リビアから帰国すると父から手紙が届いていた。便箋一枚にほとんど殴り書きされていた。

『インドからリビアに飛んだんだってな。与一義兄は死んだよ。仏跡巡拝から戻って二十日後に、きぬから報せがあったんだ。受話器を手にしたときは与一はすでに骨になっていた。脳溢血だったそうだ。きぬもきぬの兄弟妹も人間ではない。与一から血を継いではいるが心は継いでいない。シェークスピアが悲劇を著したことぐらいは、世界文学全集の一巻も読んでいない俺だって知ってるぞ。与一はリア王そのものだ。悲しいかな与一の初七日を迎えた日に、今度はフサオが逝った。今度ばかりはすぐきぬが報せてくれた。フサオは俺の妹だからな。俺は駆けつけたよ。妹を抱いて一緒に棺に入ってやりたかったよ』

ともにインドを旅したからだろうか、私の目からはひと滴もこぼれなかった。想われたのは、デリーを発ってすぐ機内の窓から見えた黄金に光るヒマラヤの岳並みだった。

アショカ国の王子シッダールタは、何不自由ない日を過ごしていた。だが、東の城門を出ると老人、南の城門を出ると病人、西のそれを出ると屍を見た。十四歳にして迷いはじめた。二十九歳にして、生とは、老とは、死とはなんぞや、という問いへの答えを求めて城を出た。川の上から下へ流れゆくをよしとし歓びとして生きるのが衆生だが、釈迦は下から上へ、そして水源へと辿った。伯父もだ。釈迦の足跡を訪ねて安堵したか、すぐ逝った。

与一が勝二にこう話しているのを聞いたことがある。

「父が財を得たのはよく働き、かつよく財を守ったからだ。小銭をも不断に蓄えた、蜂が多くの花から蜜を集めるように、な」

実父を称えての語りであったかもしれない。ただし、心の片隅では何を思っていたのだろう。文学を通して世界を逍遥し、さまざまな人びとの生きざまに与一は触れた。所詮人生は無であるとこそ識ったかも知れない。無は無に還れと、伯父は相手を選んで財を費した。その相手として、血のつながった子たちより好ましい存在があるだろうか。答えは否だ。

与一の子の一人がある日、私に呟いた、私らきょうだいが羨ましいか、憎んでいないか、と。私に問うのは筋違いだ。伯父のなしたことに異を唱える資格が、私にあるだろうか。

リビア往還

古河哲也が理事に就任した公益法人は赤字転落の危機に瀕していた。社外理事、公認会計士、弁護士などを順次、訪問して古河は支援を求めた。最後に訪ねたのが商社に転職している土田憲男だった。土田は言った。

「五億や六億を稼げる方法がなくはないよ。たまたま海外勤務から帰国しているこの男に会うんだね」

手渡された名刺には津田誠一とあった。

会おうかどうしようかと迷っていると、津田から「会いたい」と電話があった。

津田は言った。

「私は北アフリカのリビアに駐在してましてね、国主カッザフィーに通じている部族長を知っています。おたくはシステム開発の実績が豊富だ。情報通信インフラを整備する手だてを提案したら、オイルマネーを望むだけ引き出せますよ」

古河が率いている法人の経営状態について彼は土田から何もかも吹き込まれたらしい。古河は常勤役員だ。仕事からそうそう離れられない。まずはシステム開発部門を率いている大木と、三十年来の子飼いの部下多崎を、トリポリに戻る津田に同行させ自身は翌週、現地に入ることにした。


航路を南まわりにとり、中近東のドバイを経由し地中海上空を飛び、黄土色のアフリカ大陸を眼下にしたとき、傘を空に向け逆さにひろげたように葉を繁らせている木立の陰から今にもライオンが現れるかと思った。

トリポリ空港のビルはうらさびれた倉庫を思わせた。入国審査をほとんど素通りした。

タクシーはオリーブ畑がひろがる田園地帯を走った。沿道に数百メートルごと畳二枚ほどもある看板が近づいて来た。その枠内いっぱいに国主が屹立しており、さしずめこんな風に叫んでいるかに思われた。

「革命四十周年を迎えた。人民よ、リビアはアフリカ一の長寿国だ。医療費をただにしてやっているからだ。教育費もただだ。国境からこちらではオイルが水より安い。人民よ、あすを憂えず暮らすがよい」

信号が無い。車はノンストップで走った。

紺碧の海がせりあがって来た。その海を踏みつけにし白亜のビルが建っていた。屋上には金文字、『バアバルバハール』とある。大木たちが滞在しているホテルだ。

エントランスをくぐると「ピーッ」と警告音が鳴った。椅子に掛けている痩せた黒い男が「通れ」と顎をしゃくった。

広いロビーの海側のソファーから男が起立した。津田だ。もう一人。身の丈二メートルもあろうか。明らかに現地の男なのだが、

「やあやあ、どうもどうも」

発したことばは日本語だった。肩幅広く、胸板厚く、毛は縮れており風も無いのにそよいでいた。

津田が言った。

「ベルハーッジ閣下です」

閣下は何ごとかアラビア語で津田に囁かれ、日本と我輩のよきパイプ役になってくれる御仁なのだなと目で言い、満足そうだった。

古河は津田に質した、「部族はやたら多いのでしょう、閣下の序列は上の方なんですか」と。

津田は答えた、「閣下は国主とふるさとが同じなんだ。それってこの国では大変なことなんだ

よ」と。

「政府はあって無いようなものなんだとか」

と古河がたたみかけると、津田は機嫌を損ねたらしい、答えを返さなかった。

カッザフィーは近臣や部族長たちのなかから大臣を指名し内閣を構成している。だがすべては国主の一存で決めている。こんな国へ自分はどうしてやって来たのだろう、と古河は思った。

あたふたと駆け込んで来た二人連れがある。大木と多崎だった。多崎は古河を目にするなり満面に笑みを湛えたが、大木はがなりたてた、「専務、こんな国の仕事をなぜ引き受けたんですか」と。

津田に対しても声を荒立てた。

「あなたが紹介してくれたそこにいらっしゃる部族長さんですがね、大臣らに通じているっていうのは本当なんですか。妙ですよ。私が尋ねたい、日本でいえば総理府のような役所がどこにあるのか知らないって言う。おかげでトリポリじゅうを駆けまわらなければならなかった」

「シルトに行ったんだろうが。行けと教えたのは閣下だろ」

多崎が古河に訴えた。

「シルトに行きましたよ。でもまともな全国統計はなかった」

「独裁国家でも統計ぐらいはあるだろう」

「都市別、集落ごとの正確な人口がつかめないんです。情報通信のビジョンなど描けやしませんよ」

と聞いて、古河は津田に質した。

「話が違いますね。必要な情報は部族長に頼めば右から左に手に入るとあなたは言った」

津田は答えた。

「私が留守している間にアメリカが乗り込んで来たらしいんだ。リビアの情報という情報を大臣たちから掻っ攫って行ったそうだ。大木さんらが手に入らなかったというのは、大臣らがアメリカに気兼ねしているからかも」

なんとも頼り甲斐のない対応ぶりだ。

津田は腕組みしてひとりごちた。

「情報と引き換えに大臣らはアメリカから袖の下を受け取ったんだろう。日本をも彼らは同じ扱いをするかも知れないなあ」

すかさず大木が言った。

「津田さんも、閣下が吸う甘い汁のおこぼれを期待してこの国に長逗留してるんじゃないのですか」

「言っていいことと悪いことがある。ここはイスラムの教えの国だ。やたら憶測すると罰を受けるぞ」

恫喝しつつも、津田の口の端は笑っていた。

多崎が津田に言った、「閣下に情報通信公社がどこにあるのか訊いてください」と。

ベルハーッジの返事は、「弟のアイードが知っている」だった。

閣下は公社に出向いたことがないらしい。津田もだ。何のために地球の反対まで飛んで来たのだろう、と古河は絶望的な気持ちになった。津田が詐欺師に思えてきた。


公社の総裁とのアポをアイードが取ってくれた。

公社は、トリポリの郊外のオリーブ畑のど真ん中にあった。十階建てのビルがマイクロウェーブのアンテナを担いでいた。

ムハンマドと言う総裁は、古河には魚市場で競りを取り仕切っているおっさんとしか見えなかった。腹が出ておりワイシャツの胸のボタンが苦しげに穴かがりに引っかかっていた。タオルを首に巻き捩り鉢巻きをしたなら温泉宿の下足番にも見えただろう。裸足だった。

日本からの手土産です、と古河は七宝焼きのペン皿を贈った。しかし、魚市場の競りを取り仕切る男や温泉宿の下足番にとってペン皿は嬉しくない、手に取ろうともしなかった。

パワーポイントを使って大木が、情報インフラを整備するコンセプトを説明しはじめると、ムハンマドはすっくと起って叫んだ。

「今ごろしゃしゃり出て来やがって。光幹線は疾うにドイツに発注しちまったよ。先月、来てくれりゃ入札に参加させてやれたものをなんてこった」

競りは終わりだと告げたも同然である。

多崎は食いさがった。

「最後まで聴いてください。国主は直接民主主義の実現をめざしていますね。提案させていただくのは、国主が民意を吸いあげられるよう、双方向のシステムです」

聞いて聞かず総裁は一喝した。

「日本はインフラに手を出すな。帰れ」

すでにドイツに発注したということが彼にとっていかに重要であるかは明白だ。津田によれば総裁といえども月給は日本円でおよそ十万円にすぎない。その数百倍ものまいないを彼はドイツから受け取ったに違いない。

公社をあとにしダウンタウンに戻るや、古河は津田に当たり散らした。

「あなたが公社に足を運ぶような商社マンだったなら、入札があることは疾うに分かっていたはず。私らは国際競争入札に参加できていたはずだ」

古河はさらに津田に追い討ちをかけた。

「机にしがみついたまま動かず、なんであれ閣下に話をとりつぐだけがあなたの商社マンとしての務めのようですね」

「私は善意の仲介人だ」

「何が善意だ」

「十億円はくだらなかったろう光回線の事業をドイツが受注できたのは実力があるからだ。あんたらにそんな力量があればいいんだが、仮に私が仲介したとしても億円単位の受注は無理だろうねえ」


バアバルババハールホテルに戻るとフロントマンから言い渡された。

「宿泊客を追い出しているところだ。今夜は泊められないよ。出て行ってくれ」

わけを問うと、「隣の空地にテントが張られてるのを見たろ。あそこに国主が来るんだ。外国からの賓客をもてなすんだ。で、彼らにお泊まり願うからホテルをまるごと明け渡せ、とお達しがあった。よくあることでね」と言う。

踏んだり蹴ったりである。致しかたなく、古河たちはダウンタウンにあるホテルへ移動した。

地球を半周してリビア入りしたものの前途は濃い霧につつまれてしまった。一体どうしたものか。確かなことはただひとつ、とりあえず提案のコンセプトを根本から改めなければならないということだ。そして今一度ムハンマドと交渉しなければならない。ただし彼に体当たりしたからといって提案が無事に国主に届くのかどうか分からないのだが。

数日後に、プレゼンしなおす準備が整った。しかし総裁とのアポが取れなかった。取れないはずである。ムハンマドはドイツに飛んだという。たてまえは事業を進める打ち合わせをするためだというが、実はドイツから接待を受けるのであろう。

オイルマネーを引き出すには、トリポリに長く滞在し総裁と頻繁に顔を合わせて親しくなる必要がありそうだ。だがそうするには出費が嵩む。累積赤字が膨らんでいる法人には渡航を重ねる余裕などない。

古河は考えた、日本国政府から、発展途上国を援助する資金を引き出して出直そうか、と。

独裁国家の民主化を助けたいなどと発想するコンサルタントは古河だけだった。おかげで競合する業者は無く、国費四千万円を受託することができた。

国が採択してくれた古河の提案とはこうだ。

カッザフィーが標榜する直接民主主義実現への関与はさておき、リビア国にとってよりさし迫った問題は入出国の管理だ。リビアはテロリストを迎え入れ世界に彼らを送り込んでいる、と先進国に非難されている。そこで、入出国者を顔写真で識別するシステムを導入してはどうかと古河たちは考えた。

あらかじめベルハーッジに打診したところ、彼は大いに喜んで協力したいとのこと。

古河たちは再度リビア入りした。

提案を具体化するためにまずは調査に着手しなければならない。閣下の事務所で調査の進め方を打ち合わせすることにした。その場に閣下は米国留学の経験がある弟のホデリーを侍らせた。

席上、ホデリーが懐中からペーパーを取り出して言った。

「日本と我々は対等なパートナーだ。覚書を交わそう」

覚書には、『仕事を分担しよう』のあとに『利益を折半しよう』とあった。なぜ利を分けなければならないのか。わけを問われてホデリーは弁じた。

「日本は、我ら兄弟が国主にロビー活動してはじめてビジネスができる。だからだ」

津田が説いた。

「郷に入っては郷に従えってことさ。利を分けるってのはイスラム社会の商習慣なんだ」

古河がなお首を傾げていると、ホデリーは席を起った。

戻って来て彼は言った、「エジプトのＭＤ社にあす来てくれるよう頼んだ。アメリカを参加させると何かと事を進めやすいんでね」と。

「プロポーザルのコンセプトは我々のオリジナルだ。ＭＤとは何の関係もない」と古河は拒んだ。

ホデリーは続けた「ＭＤの機器を使わずにシステムを実現できるのかい」と。

「利益を折半するかどうかよりもっと大事な問題があるんだよ」と、津田。「大量破壊兵器をもっている、人権をないがしろにしている、ってんでアメリカはリビアを北朝鮮と並ぶ悪の枢軸国だとし経済制裁を課している。米国の原産品の再輸出を許さないという規制をまだ解いていないんだ。もしどうしても閣下兄弟と利益を折半したくないというなら、ＭＤ社とコンソーシアムを組めよ。世界トップのＭＤが先頭に立つなら、アメリカの安全保障局も難癖をつけないだろう」

古河は声を荒らげた。

「アメリカに名義を譲れ、へりくだれというのか」

津田は凄んだ。

「ＭＤは四年も前から国主に出入国管理に協力しようと表明しているんだ。そういう実績を無視してコンソーシアムは組まないと突っぱねたら、世界を牛耳ってる彼らが何をしかけてくるか知れないぞ」

津田とホデリーはＭＤ社に情報を流しリベートをせしめたいのであろう。閣下一派は米国に飼われている犬であったか。

古河は席を起った。

週が明けて事態は急変した。ホデリーの姿が忽然とトリポリから消えたのである。アイードによれば、アメリカへ飛んだのだという。イスラム社会では男性は四人まで妻を娶ってよいとされている。ホデリーは第二夫人の元に舞い戻ったのか。そう問われてアイードは、私的な理由でではない、先週末に国主が行政改革を発表しセキュリティ対策に当たる省を新設したからなんだ、と言う。

国家機密が欧米へ漏れるのをカッザフィーが惧れるのは当然だ。しかしホデリーの渡米とセキュリティ省の新設とにどんな関係があるのか。

アイードは渋々口を割った。

ホデリーは米国留学中に、リビアの国際競争力を分析した。まとめ得た論文を携えて帰国した彼は鼻息が荒かった、いずれ自分は国主の参謀にとりたてられるだろう、と。ところが彼の論文は大臣たちの間で物議を醸す原因となった。「論文はリビアの国際競争力は世界の最下位を低迷していると結論づけている」「それはおかしい。リビアはオイルの埋蔵量が世界九位だ。高福祉の国だ。教育の水準が低くはない。競争力の測りようが欧米の価値観に偏り過ぎているのではないか」「ホデリーはアメリカの教授陣に洗脳されたのではないか」云々と、国主の取り巻きが騒ぎ出したという。論文はホデリーが国主に登用されるきっかけをつくるどころか、国主に新しい省を設けさせる引き金として作用したのだった。

リビアでは国の隅々にまでムラカーバという秘密警察の網がかけられている。その罠にかかってホデリーは拘束されかねなくなった。

事が彼だけにとどまればいいのだが、閣下にもだ、そして、ホデリーと組んで談合している古河たちにさえもだ、何ごとかを企んでいると勘ぐられてはかなわない。閣下兄弟とは距離をおこう、単独で仕事を進めよう、と古河たちは決した。ムハンマド総裁には自力で接触することにした。

面会を果たして古河はムハンマドに嘆願した、「現地を調査する許可を下さい」と。

ムハンマドは言った、「いい提案だから国主にあげよう。だが現地入りは私がＯＫのサインを出すまで待て」と。

ほっとひと息つけた。熟睡することができた。

世の終わりを告げるかのような、呻きとも嘆きともつかぬだみ声が夜のトリポリの街を支配している。街なかの方々にあるモスクから聴こえてくるらしい。実は日中も聴こえていた。日に五度。日によっては六度もだ。夜には地づたい、ホテルの壁を揺すり、かとおもえば天井からも聴こえてきた。

仕事をする相手国を知らなければと、初飛来した時、そして二度目の渡航でも、機内で古河はコーランと首っ引きで時を過ごした。

コーランによれば、『闇は神の御業である』とあった。なるほど夜の海は荒れていた。波頭が砕けていた。何ごとかを告げんとしていた。二千年の昔からこの地の海は陸を脅かしてきたというのはほんとうらしい。

——地上にやがて争いが起きるだろう。国主の命運はついえるだろう。外つ国から来た者よ、争いに巻き込まれたくなくば速やかに国外に去るがよい。

そう聴こえた。

独裁国を援けようなどと大それたことを考えた自分が怖ろしくなった。ムハンマドは提案を国主にあげると言ったが腹の中では嗤っていたのではないか。リビアを思い国主を思っての東の国からの使者を装っているが、リビアにテロが出入りしているなどと誰に唆されたのだろう、などとせせら嗤っていたのではないか。

夜が明けた。

古河はベルハーッジの事務所を訪ねた。すると閣下が言った。

「ムハンマドは君らの提案をまだ国主に奏上していないようだよ」

古河はホテルに戻った。すぐさま帰国したいと思った。しかし、日本政府の国費を使って渡航しているのである。調査の成果を政府に報告しなければならない。ムハンマドから現地調査の許可を得、大木らがリビア国内を駆け回られるようにしてからでなければ帰国できない。

海辺に近くオフィス街の中心に十五階建てのビルが五棟、円陣を組んでいる。地上から二階までが、地盤が強固であると知っての設計なのだろう、三階から上よりもひどく痩せ細っている。五本の鉛筆を立てたかのようだ。縦長の五個の独楽が回っていると見えなくもない。想いおもい海に向かって走り出しそうだ。

足取り重く古河はその日も、ビル群の一棟、一号棟に向かった。トリポリにあっては津田同様、自分も頼れるのは閣下一人だ。

閣下は言った。

「ムハンマドからサインが出ないわけだよ。どうやら東のベンガジで大きなデモが発生したらしい。軍が鎮圧に乗り出したそうだ」

獄につながれている民主化運動家らを解放せよ、と人民が起ちあがったらしい。当分のあいだ騒ぎはおさまらないだろう、という。

デモがおさまり現地調査の許可がおりるまで大木と多崎は常駐させておき、古河はいったん帰国することにした。

帰国を前に古河は、それまで一度も観光したことがなかった、国内を一日、観てまわることにした。

西に走ると二千年もの昔がひろがっている。サブラタの都市遺跡だ。

石柱の列が見えてきた。

道らしい道に出ると、いにしえ沿道に住まいがあったと知れた。住居を仕切る壁が並びだした。

円形劇場が立ちはだかってきた。三階建てだ。階段をのぼった。楽屋の窓から観覧席が見おろせた。五万人は収容できそうだ。

広場に出た。神殿跡があった。浴場跡があった。大理石張りの床のモザイクが美しかった。長いベンチに丸い穴が並んでいた。トイレだ。水洗式だ。

市場跡を行った。果物の山が目に浮かんだ。リビア出身の軍人セプティミウス・セウェルスがローマの皇帝にのぼりつめた時代があったと聞いている。彼は、ローマの食糧庫である母国をさぞ誇りに思ったことだろう。

鍛治屋の槌音が聴こえた。甕を肩に乗せた女と擦れ違った。

サブラタをあとにした。

柱と柱のあいだを板で塞ぐだけという安普請の住宅建設現場を数多く見た。豪邸を見た。イブニングドレスやウェディングドレスを着けたマネキンがシャンデリアの下に並び立っている高級品店を見た。

通りが渋滞しだした。両沿道の店の天井から衣類がぎっしり吊るされていた。問屋街らしい。所狭しと壁に絨毯が立てかけられていた。

はちきれそうなほど膨らんだ黒いビニール袋を荷車に山と積んで行く男があった、急ぐこたあないよ、砂漠を越えて帰るのだ、砂のなかからトリュフを掘り出しながら帰ろうか、という体に。

渋滞するはずである。そこかしこで路面が掘り返されていた。電線は沿道の建物の軒か屋根うえに張られているのだから、地中にケーブルを通す工事ではなさそうだ。遺跡を発掘しているのだろうか。神殿の柱の突端が出てくるはずだ、こっちではなかったあっちだったか、と掘り続けている。

渋滞から抜け出せた。中世のイタリアを彷彿とする街区が近づいて来た。

ファサードを行くと中庭がひろがっていた。日傘の下に男たちがたむろしていた。自転車のタイヤの空気入れを想わせる瓶を皆がみな抱きかかえていた。水タバコを吸っているらしい。女や児が街に出て働き、あるいは物乞いをし、その日口に入れるなにがしかを持ち帰って来るので、彼らは水タバコを吸って時を過ごしているのだろう。イスラムの教えが禁じているのでアルコールはたしなめない。喫煙するよりほかにすることがないのだろう。

中世名残の城跡があった。壁に沿って行くと、砂漠越えの不法入国者であろう、仕事にありつかねばと工具、清掃具などを掲げ持ち、「雇ってよ」と声を嗄らしていた。おとなに混じって幼い児も。ソックスを手にし、「買ってよ」と叫んでいた。

旧城内に踏み込むと、日用品や衣類が小売りされていた。なかに装身具を商っている店があった。見れば、銀細工のペンダントの山の上に、ペガサスが載っていた。

妻に、とペガサスを買い求めた。

城の外に出た。オフィス街を行った。道端にぬかずいて白衣の人が恵みを乞うていた。一ディナールすなわち八十円すら古河は恵まなかった。

だからだろうか彼はふとコーランを憶い出した。

『世の終わりの兆したる火が見える。火は東から西へ人を集めている』

兆しとは人を焼く火だ。古河は東から来た。火にくべられたくなければ東へ帰れ、と言うことか。

『太陽はみずからの休みどころをもとめ日ごと運行している。月もまた天空をめぐり、なつめやしの実のようになって戻って来る。だが太陽を追い抜くことはできない』

太陽とは米国か。月は日本だというのか。

リビアの人びとは礼拝の日である金曜日はむろん働かない。翌土曜日から働くのかというとそうではない。家族サービスをしている。では日曜日が週の始まりなのかというと、多くの人は家族サービスを続けている。

かくのんびりした生活ぶり、ゆったりとした時間の流れのせいで仕事にならず古河は当初、苛々し続けた。リビアの時間にようやく慣れ、いよいよ仕事にとりかかろうとしていると不意打ちを食らわされた、あすからラマダンだ、と。

ラマダンで人びとは断食し祈りの時を過ごす。明けたなら飲食自由、どんちゃん騒ぎをする。そう聞いて古河は、幼いころふるさとで過ごした盆休みを憶い出した。親戚が集い先祖の供養をし会食をし、夜は夜で盆踊りにくりだした。

供養する場で僧は説いた、『偽るな、盗むな、殺すな』と。イスラムの教義となんら変わらない。前世とこの世とあの世をつなぐ因果までもが、ほとんど同じ宗教であるかのようだ。

リビアに親しみを覚えた。いっそう古河をしてそうさせたのは温和な風土だ。年じゅう彼岸日和だ。それゆえ人びとの顔表情は、仏顔と言いたい、穏やかで常に笑みを湛えていた。

この土地をあすはあとにする。今一度、名残りを惜しもうと、街に出た。

するとソックスの束を手にした男の児が「買ってよ」と近づいて来た。

古河はポケットから十ディナール札を取り出し児の手に握らせた。そしてソックスを一足、摑み取った。

　すると児が叫んだ。

　――おじちゃん、一つじゃだめだよぜんぶ持ってってよ。

　いいんだよと先を急ごうとすると古河の前に立ちはだかった。

　――だめだよ、アラーの神に叱られちゃうよ。

　児は地団太を踏んで泣きだした。そこで古河は、もう一足を手にした。

　朝から立ちつづけた、お陰でようやく母さんのもとへ帰られると言いたげな児の瞳は、西陽を映して金色に輝いていた。この国の児たちの眼は翳りを知らない。

　古河は思った、彼らに比べ日本の児らの眼は暗い、と。日本には児たちにとって望ましからぬものが多すぎる。いじめがある。豊かな国であるはずなのに、満足に食べていない児がある。実の親の手で殺されている。通学中に自動車に撥ねられ、通り魔に襲われてもいる。ついには自殺する児の数が、年に一万人に達している。

　それもそのはずだ。近未来、彼らは目に見えない悪しき力に襲われるかも知れないのだ。戦争放棄を宣言した憲法を国のトップは改めようとしている。米国に与して兵を他国に送り出せるようにしようとしている。秘密警察ムラカーバの網がリビアの人びとにかぶされているように、日本の政府も意にそまない者を監視できるようにするかも知れない。

航路を北まわりに取った。アンデルセンが著した『即興詩人』の舞台であるイタリアの一都市であれ立ち寄ってから帰国したいと古河は思った。ミラノのサンタ・マリア・デッレ・グラツィエ教会を訪ね『最後の晩餐』を鑑賞したならば、「東から来た者は去れ」とリビアで扱われた自分を名画が慰めてくれるかもしれない、と思った。

空港の地下から電車に乗った。

ミラノの中央駅で降り、グラツィエ教会をめざし、トラムが行き交う通りを行った。途中、レオナルド・ダ・ヴィンチの名を冠した博物館を観た。

博物館を出て数分歩いただろうか。頭髪を薄曇りの空色に染めた女が古河を追い抜き振り返って、ニーッと笑った。

いやに馴れ馴れしい女だと古河は嫌な気がした。

女は手にしていたダンボール紙を左の手首に巻き紙筒とし、それをもって二度三度、ひょいひょいと古河の胸を突いた。

同時に、どこからか七、八歳の児が駆けつけて来、ショルダーバッグをさげている古河の左肩をめがけて飛びついてきた。

女は喚いた。児もまたバッグごと私の腕を引きつつ何か大声で叫んだ。女と児、示し合わせじゃれつこうというのかと腹が立ち、古河は紙筒を払い児には肘鉄を食らわせた。しかし、児はものともしない。古河を路上へ寝かせようとした。

女が消えた。一、二秒。児も離れた。

ほっとして道を急ごうとし、古河は気がついた。胸が軽い。肺を持ち去られたか。そうではない。財布が無い。

道を駆け戻った。擦れ違う人という人に財布が落ちていなかったかと訊ねた。問われて人は、「間抜けなおのぼりさんめ」と古河をねめつけた。

ブロックを一周した。警察署があった。

駆け込んで半時。盗難証明書を受け取ってサンタ・マリア・デッレ・グラツィエ教会に辿り着いたとき、予約ずみの観覧時刻は疾うに過ぎていた。

石畳に尻をつき、古河は天を仰いだ。

教会の前庭には、たった今雨が降ったのか、雨脚の跡がびっしりついている。よく見ればそれらはすべて人間の口から吐かれ靴に踏まれ黒くなったガムだった。

リビアでガムのように噛まれ吐き捨てられた古河は、仕事にならなかったがため、懐にしてきたユーロ札の束は使わずじまいだった。それを白衣の人をはじめリビアの人びとに喜捨するのではなく、帰国の途、盗っ人に強奪されることになろうとは、彼は想ってもいなかった。

コーランは『神のもとに時間はありすぎるほどある。先を急ぎ忙しくするのは悪事をはたらき神に罰せられた人間のすることだ』としている。そういう罰を古河は受けたらしい。だが一体、自分は何をしたというのだ。古河は盗っ人を捕まえ殴りつけたくなった。

実に不思議だった。そう思ったあとから、盗っ人を助けた児が哀れでならなくなった。児はけなげだった。みごとにはたらいた。「よくやってくれた」と、今ごろ児は女盗賊にステーキを焼いてもらっていることだろう。

ミラノの中央駅へとあゆんだ。

ショルダーバッグまで盗まれなくてよかった。ノートパソコンとペガサス、そして航空券とパスポートが入っている。帰国できなくはない。

上着の外ポケットをまさぐるとディナール札に手が触れた。取り出して眺めた。リビアの人びとの汗と涙が浸み汚れている。うち一枚は半ばまで裂けていて今にも離れ離れになりそうだ。日本に持ちかえる気にはならない、路上に抛った。すると二つになりきらないまま踊り狂って、古河が今来た路上を跳ねて行った。

『即興詩人』の主人公は旅の途中、山賊に出会う。たった今、自分が経験した現実と物語との符合が、古河をして笑わせずにはおかなかった。

空港に向かおうと電車に乗った。

椅子に沈みこみ窓外を眺めた。

トリポリではついぞ目にしなかった緑のかたまりが走って来た。一戸、また一戸、住まいも走って来た。

それらとは逆向きに、小さな児が駆けて行く。母のもとへ帰ろうというのか。

いたいけな児を古河は目で追った。

追っているうちに、少しく明るい気持ちになった。

参考文献

1 「リビアを知るための60章」（塩尻和子著、明石書店）
2 「コーランを知っていますか」（阿刀田高著、新潮社）
3 「緑の書」（リビア国憲法）

太原から殷墟へ

清水透という私よりふたまわりも若い、色白で細面の男に会ったのはひと昔前だ。清水と名乗っているが、それは日本滞在中の名であって、中国は無錫市生まれの本名は「何林夏」だ。彼とは、シンポジウム「一衣帯水の東アジア」で出会った。彼はパネラーをつとめたK大学の教授平田茂雄の助手だった。

平田は清水の父、無錫市の何祝同の家に逗留していたことがあるという。清水の母は、祖父から〇大学の経営を引き継いでいた。〇大学と日本のK大学は文化交流を進めていたのである。

平田は黄河や揚子江など大自然と中国の芸術文化とのかかわりについて語った。シンポジウム後のパーティーで私が彼に「ぜひ中国を旅したくなった」と言うと、平田は清水を呼び寄せて言った。

「来月、無錫に帰るんだったね。そのときこの人を案内してあげろよ」

清水は莞爾として頷いた。

中国へ渡航する前に私は清水と連れ立って日本国内を旅した。東北路を行き、藤原の里を尋ねたのである。

金色堂を参拝してのち土地の高みにある高館から、稲田を割って流れゆく衣川を見渡したとき清水は、目を潤ませて言った。

「つわものどもが夢の跡ねえ。同じような想いにさそう河が中国にもありますよ」


あすは旅立とうかという日に心はすでに中国に向かっていた。中華料理店に入って食事をした。背後の壁に一畳ほどもあろうか古びた紙が鋲止めされているのに気がついた。壁紙としか目に映らなかったのだが、よく見ると、中国の省から地区、県、市、邑まで、名がぎっしり印字されている。まるでアンドロメダ星雲を見るごとくだった。さて、黄河はどこをどう流れているのかと目を凝らしてみた。が、浮かびあがってこない。それもそのはず、左から右へ、上へ下へと細い線がところどころで切れながら引かれてはいる。地図に載っている地名があまりにも多すぎ、紙面に余白が無いのである。

大陸に渡るということは、天空に輝く星雲に飛び込むようなものであったか。私はすぐにも星雲を旅したくなった。

店員が私に言った。

「それ古いよ。今の中国じゃないよ。杭州から母が船に渡って来たころで高速の鉄道も道路もまだないころのよ」

彼女が「母」と呼んだひとだろう、ひと懐かしげな笑みを満面に湛えたおばさんが、大鍋で野菜を炒めながら私に言った。

「ほしいならあげますよ。古くて汚れてるから捨てようと思ってたんだから」

「ぜひ」と、私は貰い受けた。

四つに折り八つに折ってやっと手提げにおさめることができた。

あす成田を発つのです、と言おうとして私は躊躇した。おばさんがどこへと問うだろう。しかし行く先はひと任せだ。答えようがない。清水から知らされていたとしても、地図上に所在地を見出すのは無理だろう。照れ笑いながら私は店を出た。


中国にあって清水は「何」を名乗った。

何は、北京の空港から車をレンタルし自ら運転した。

南下して石家荘（せっかそう）に至った。

何は告げた。

「ここは日本軍が作戦参謀本部を置いた街です」

石家荘からは西に向かった。中華料理店がプレゼントしてくれた地図には載っていない高速道路をである。

何は淡々と語った。

「日本軍は石家荘から西の保定へ、保定からさらに二百五十キロ西の大同へ、大同から三百キロ南下して太原へ、進軍したよ」

「戦場跡を通れないだろうか」

「立ち寄っている暇などないよ」

と言いながらも彼はとあるインターで高速をおりた。

しかし地上を走ったとはいえ、日本軍が侵攻したルート、戦闘のあった土地がどこであるかは見当もつかない。通りかかる町や村を除けばひたすら田園、農地である。

私は気になってしかたがなかった。田園にはむろん町を通っても犬を見かけなかった。なぜかと問うと、

「犬を飼うには届け出が必要でね」

しばらく行くと、何かが視界をよぎった。犬だった。道を横切り振り返った。かとおもうとすぐさま黍畑に消えた。そのうしろ姿が妙にくっきりと目に焼きついた。胴がすぼまり、尻の骨が

皮膚を破ってあらわれそうだった。細筆の毛先のように四本の脚が胴から垂れていた。川水をすすって生きているのか。そうではなさそうだ。今しがたまで、豚たちと餌箱に首を突っ込んでいたとみえる。口と鼻が汚れていた。

消えた犬に代わって、黍畑からぬっと農夫があらわれた。道路の盛土を背で押し、ずるずると落ち尻餅をついた。なにせ畑は地平までひろがっているとしか思えない。広大だ。その事実だけで疲れるのであろう、農夫は浮かぬ顔をして空を見あげた。

鳥はどうしているのだろう。空を飛んでいるのを一羽も見なかった。地上に佇んでいる鳩を、一羽だけだ、とあるまちなかの寺の御堂のかげに見た。羽をすぼめ眼を閉じ、前につんのめりそうになっていた。

大きな街なかにも小さな町なかにも人が溢れていた。地上に生きているのは億を単位に数える人間ばかりか、大地を支配しているのは人間だ、とつくづく思わされる。

十四億人のうちの一人を見た。オートバイに乗って猛然と迫って来た。二車線ともが我が道だと言わんばかり、道路のまん中を走って来た。市場に向かうのだろうか、荷を山と積んだリヤカーを曳いていた。彼は口をあけていた。歯が黄ばんでいた。前歯と糸切り歯が無慚に欠けていた。

彼をやり過ごした直後だった。行く手を岩が塞いだ。岩と見えたのは実は牛の尻だった。横一列になりゆっさゆっさと行く。彼らに追突してはまずい。車は大きくハンドルを切った。おかげで危うく横転しそうになった。

牛たちには飼い主がついていた。だが、牛たちの角にやっと届く背丈の男だった。ついて来ていさえすればよし、ずうたいが大きい牛が車に轢かれるはずもない、と飼い主は高をくくっている様子だ。もっとも牛たちは悟っているだろう、人さまに搾り取られたあげくいずれは食べられる、屠場に引かれるいのちだ、ゆったりのったり行こうか、と。

沿道の並木の葉がバックミラーに映った。陽光が葉を透し葉脈を浮き立たせていた。無数の葉のうちの、なぜか一葉だけが、妙にくっきりと私の目に焼きついたのだ。


山並みが近づいてきた。稜線が鋸の歯のように尖りだした。

何が言った。

「山をバックに見えてきたのが太原の街だよ」

太原は石炭の産地だ。盧溝橋事件を引き起こした日本軍が南京に侵攻し、地下資源が欲しいとつぎに西の太原へと攻め込んだとき、中国軍は険しい山岳、複雑な地形を地の利として迎え撃った。日本は思わぬ苦戦を強いられた。

そう語りつつ何は北へ一時間、車を走らせ続け、

「ここが日本軍を迎え撃とうと陣を張った折口の鎮台跡だ」

と告げた。

告げられたとてしかし、碑とか砲台とかを見せてもらえたわけではない。目に映るのは町や邑の景、夢の跡である。

このような奥地までなぜ日本は攻め入ったのだろう。清国とロシアを相手にかつて戦勝したので軍は勝てると思いあがったのだろうか。はたして西へ深入りしていいものかどうかについて、日本の作戦本部でも意見が割れていたと聞いているが。

成田から飛び発つ日の前夜、私は中華料理屋からもらった地図をかたわらに大陸における五千年にわたる戦役の年表につくづく見入った。国が興り、滅び、また国が興り、を繰り返した歴史の年表は二メートルもの長さになっている。

太原は近代化した街になっていた。何は私をホテル「迎賓館」へと引き連れた。


何は翌日、私を太原博物院へ案内してくれた。

広い石段をのぼって院内に踏み込む。すると巨大な壁画に突き当たった。床から天井まで、端から端まで十メートルもの画だ。雪崩を打って攻めかかる匈奴（きょうど）。戦車を駆って迎え撃つ漢民族。矢を射かけ合い槍で突き合っている。兵が戦車の下敷きになっている。

足が竦んだ。大陸の長い歴史のほんの一瞬間に立ち合ったにすぎないのだが、眼前に展開されているその戦いのすさまじさには啞然とさせられた。

博物院の南西二十五キロの地にある北魏の建国の王を祀っている晋の祠をつぎに尋ねた。三千年以上もの昔に七百年続いた国だ。

爪先あがりを行った。数ある殿閣楼閣はさすがに創建当時のものではない。後世は明などの時代に建てられたという。主殿は晋王の母を祀る聖母殿だ。李白が絶賛したと伝えられる涸れない難老泉の水鏡を目の前に引きつけて建っていた。十三の部屋を抱えながら柱の無い大殿だ。廊柱に龍が彫り込まれていた。三千年を経てなおこんもりと葉を繁らせているエンジュの樹に私は心打たれた。聖母殿に東西からそれぞれ寄り添い殿閣の屋根に大枝をさしだしていた。

さて内に入ると、彩色鮮やかな等身大の侍女たちが出迎えてくれた。生前の立ち居振る舞いの一瞬一瞬をそれぞれとどめ、あるいは香炉を、あるいは器を手にし、今なお呼吸しているようだった。なかに布巾をしごいている侍女が、私をその場から立ち去らせまいとした。


太原を発ち南下した。

右手に突然、赤銅色のパノラマがひろがった。自然が改変されている。鉱山跡だ。

人びとが群がり地を埋め、銅鉱石を掘り、荷車に積んで馬に曳かせたか。鉱脈が尽きると隣の鉱脈に手をつけた。ついには深い谷になってしまったひと筋ひと筋が、奥へ奥へ、あるいは海まで続いているかのように思われた。

「何年、掘り続けたのだろう」

何は答えた。

「四、五百年だろうよ」

採掘に当たった人びとの汗と涙と血とが、谷の底まで浸みていることだろう。

鉱山跡をあとにしてしばらく行くと、さほど高くはない丘陵が近づいてきた。その数、百段を数えようか、斜面が段切りされていた。高くに低くに、ちらほら蠢く人影を見た。

何によれば、水土保持工が施されたのだという。丘陵を細長い帯状の畑地で鉢巻きさせている。億の民が収穫を得るのは容易なことではないのだ。

丘陵が遠ざかって行く。

まっすぐにのびている農道を一時間余、走った。

山並が見えてきた。何が言った。

「ここが平型の関だよ」

得意げだった。

「八路軍が雨のなかを行軍したんだ。谷に潜んで待ち受けているとは知らず日本軍は雨上がりのぬかるみを、軍需品を積んだ車両を曳いてやって来た。そこを撃たれたんだからたまらない。日本は兵一千人、馬二百頭を失ったね。抗日戦開始以来の中国軍の大勝利さ」

　そう語ったまではよかった。何の口調は急にしんみりとなった。

「私の父がね、この関の正面から日本を挟み撃ちにしたんだ。で、両脚の太腿から下をふっ飛ばされてしまった。でも負傷してよかったんだ。ここで戦いつづけていたら殺されて母の許に帰れなかっただろうからね。だるまさんになって両脚が無くても子づくりはできた。私が生まれた。車椅子に乗った父を母は二十年間、介護した。私が成人したのを見届けて父は逝ったんだよ」

　私は言葉を失った。


　太行（たいこう）山脈に突き当たった。車は右へ左へと傾斜のきつい坂をのぼった。ひと山越えたかとおもうと新たな山が立ちはだかった。

　ひたすら山路を行ってようやく人を見た。岩からさがっている赤茶色の織物を背にし茣蓙に豆をひろげていた。岩を穿ったいわゆる窯洞（やおとん）に棲んでいるらしい。

　前を通り過ぎて行くと藻屑をばら撒いたごとき寒々とした畑を見た。中国には一年の実入りが十万円にも満たない農家が六千万世帯あるというが、そういう一戸だろう。

　陽が傾いてきた。

　灯火を見た。灯が一つならば、灯を見つめているひとも一人だった。

どこから湧き出たのであろうか、大型トラックが道に飛び出して来た。轟然と回転する車輪の後塵を拝しているうちに、車はスピードを緩めた。人里離れた山の中になんと車列ができてしまった。どこかで土木工事でも進められているのだろうか、一メートル進んでは停止し、そしてまた一メートル進む、を繰り返しているうちに車列は全く停まってしまった。

昏くなった。左手に山岳の重さを感じた。同様の手ごたえが右手には無かった。谷が迫っているらしい。瀬音が聴こえた。

前方に停まっているトラックから男が降り、先方へ駆けて行った。

戻って来て叫んだ、土砂崩れが発生したらしい、と。

何の口許が、不気味に弛んだ。

「道が塞がれるわけさ。平型の関から奥が日本人を通すまいとしているんだよ」と言い、車から降りた。

私も降りた。

空を見あげた。星が出ていなかった。山奥の空までが曇っているのだ。十四億人が石炭を燃やしているからだ。

何は谷へ降りて行く。私はあとを追った。

二人並び立ち、瀬音を聴きながら放尿した。

「お父さんに成人した姿を見届けてもらえてよかったね」

と言った私の声は、対岸から返って来た。

「父の話をして悪かったですね」

何の声は対岸から返って来なかった。

谷から戻ると、車列が動きだしていた。

徐々にスピードをあげた。

事故の現場にさしかかった。確かに斜面が崩れていた。でぶりが道を塞いでいた。ただし、谷の側がやや薄い。そう見てとって、車は崖っぷちすれすれをもんどりうって乗り越えた。

太行山脈からそろそろ抜け出られてもいいはずだ。

だがしかし、車はなお山中を走り続けた。

さらに数時間も走ってようやく平場に下り立てたが、めざす安陽市までの道は遠かった。

安陽にある殷の遺跡について、何は語りだした。

太行山脈を水源とする洹河（かんが）の恵みを享けて土地は潤っていた。「夏」という国が興った。湯王が夏を滅ぼして「商」を興した。

十九代目の王盤庚（ばんこう）がひらいた都が殷である。紀元前十一世紀のころ殷は最も栄えたのだが、二十二代武丁（ぶてい）を頂点として衰退の途を辿り、『酒池肉林』のたとえで知られる三十代紂王（ちゅうおう）をもって亡びたという。

翌日、何と私は殷墟の丹塗りの大門前に至った。

門をすぐくぐろうとはせず何は、「少し待とう」と言った。

やがて門前に停まったタクシーから女性が降りて来た。髪をうしろにまとめ二つ三つ巻いてさげていた。黒いスラックスの幅広の裾からハイヒールがのぞいていた。

彼女の眼差しには、人の心根を瞬時に見抜こうかというあたりをはらう気品があった。

「私の婚約者です」

と何に紹介され彼女は名刺を差し出した。

「変な名前でしょう、男ではないのに君がついていて」

活舌はっきりした日本語だった。

名は萬麗君という。一年前まで北京の日本大使館に勤めていたとのことだった。

私は彼女に言った。

「変なものですか。君がつく絶世の美女があったではないですか」

「王昭君ね。でも敵国に嫁ぐくらいなら、私は死を選びます」

舌鋒鋭く「死」を口にしつつも、泛かべた笑みは薄紅の花を想わせた。

何が口添えした。

「母の教え子でね、母が日本大使館に勤めさせたんです」

彼女は四川省と河北省の中間の地、恩施市の生まれだという。少数民族、土家族の出である。何の母は、他民族どうし尊び合おう、を大学教育のモットーとし、少数民族出身者の入学を歓迎したのだという。

大門をくぐった。

高さ、幅ともほぼ一メートルもの青銅製の鼎に迎えられた。

製造技術の高さが殷の国の何たるかを物語っている。重さ九百キログラムの精緻にして華麗な文様入りであった。

十ヘクタールはあろう広場を行くと、方々の足元に硬化ガラスの嵌った窓があった。覗くと人骨が折り重なっているのが見えた。近臣をはじめ数千もの人びとが王に殉じた殉葬坑であった。むべなるかな、かつて毛沢東も訪れたという武丁の妃婦好の墓があった。

墓穴を見おろすことができる観覧席のかたわらに、簪、壺、柄杓、通貨として用いられた子安貝、トルキスタンあたりから運ばれて来たとおもわれる玉器、トルコ石で象嵌が施された青銅の矛などが陳列されていた。

婦好は女性ながら武勇に勝れていたという。彼女を敬慕する人びとはあの世でこそ穏やかな日を送ることができると信じて殉死したらしい。何の語るところによれば、蠟燭の灯りひとつを手に地下に籠ると、酸素が乏しくなり昏睡するうちにあの世に逝かれるのだという。

回廊があった。遺跡から発掘されたおびただしい数の亀甲獣骨に文字が記されていたという。なかでも解読された千五百字が、回廊に展示されていた。

『夢』の字の前に私は釘づけになった。草を枕に屋根の下で眠る、の意か。

『道』についてはこうだ、他国を攻めるとき邪悪を祓うため敵の生首をかかげて進んだ、それゆえ『首が進む』と書いて『道』とされた。

『子』は胎児そのままを写していた。日本列島をなぞったかに見えなくもない、あたかも日本列島は大陸が産み落とした子であると言いたげに。

広場の奥に博物館があった。青銅の鍬、鋸、包丁、陶器、占いに用いられた亀甲、食べ物を盛る器、酒を温める壺、武器、戦車、など。刺さった鏃（やじり）の跡も痛々しい頭蓋骨、首を煮る鍋なども、はるかいにしえを物語っていた。

　博物館を出た。

　殉葬坑を踏まないよう気づかいながら広場を戻った。

　行き着いたのは碑林だった。碑の一つ一つにも甲骨文字の一字一字が掲げられ、その由来が記されていた。

碑を縫って行くと、水辺が見下ろされた。

対岸が霞んでいた。河面が漣だっていた。来世を信じ殉死した人びとの魂が今蘇っているとすれば、それは河面を蔽っている漣のひとつひとつであろう。

何が言った。

「洹河です。この河をあなたに観てもらいたかったんですよ」

日本の衣川を何は想い出しているらしい。

なるほど、つわものどもが夢の跡は殷墟にもあった。

想うに、小説の神さま志賀直哉が書いているように、どんな大河も小川も、一滴の水からなる。一滴の滴は渓流をなし、渓流は川をなす。黄河も揚子江も、洹河も、衣川もだ。そして流れはことごとく海に注ぎ滴どうし融け合うのだ。


市内の料亭に麗君が案内してくれた。

庭があった。庭には湖南省の洞庭湖を模した池が設えられていた。池を取り囲んで客室が配されているのである。池に架かる橋を渡った先のどこかに岳陽楼があるのだろう。

しばし庭を眺めてのち『洞庭の間』に入ると、景徳鎮で焼かれたとおもわれる胸までとどく白磁の色絵つき一対があった。

色絵を左右に、書が掲額されていた。王維の詠った七言絶句、『元二の安西に使いするを送る』だった。

渭城朝雨浥軽塵
客舎青青柳色新
勧君更尽一杯酒
西出陽関無故人

麗君が言った。

「王維は何さんとあなたが行かれた太原の生まれです」

大学の教養課程で論語講読の講義を受けた折のこと。教授がこの詩を謳いあげてくれた。テープ『三畳』をまわし、古今曲に合わせつつだ。半世紀もの時を隔てて教授の声が脳裏に蘇ってくるとは。そう想っていると察してくれたかのように麗君と何が朗誦しだした。北京語でだ。

料亭の外に出ると夜空に星が、ひとつだけだ、瞬いていた。

「麗君とホテルまで送ります」

と何が言う。

タクシーをひろおうとした。空車が来なくはなかったが手をあげても無視して走り去って行く。

麗君が一歩前に出た。とたんに悲鳴をあげた。

急ブレーキをかけて止まった黒塗りの大型車から、運転手が降りて来た。ぽってり肥えた男だった。

彼に麗君は怒声を浴びせた、危ないじゃないか、どこ走ってんだ、見ろよ折れちゃったじゃないかハイヒールが、どうしてくれる、と。

横を向いたヒールをふりあげ男に迫り、彼女は顔面を引っ掻こうとする。

アブねえのはそっちだ車道に出て来るな、と男。

対して麗君は、そっちが歩道に寄りすぎだ、ここは交差点だ、スピードを落とせ、私をひっ殺す気か、と叫ぶ。

男は脅した、こちとらはな、お偉い方のご用達だぞ、聞いて驚くな、市の建設部の親分さんだぞ、と。

麗君は一歩も退かない、市が何だ私は天安門の奥殿住まいのふところ刀を知ってるぞ、詫びろハイヒールを弁償しろ、応じないってんなら豚箱にぶちこんでくれるぞ、と。

やれるもんならやるがいいさ、夜更けに呼ばれて街に出て来るってえのはてめえみたいな女だろが、ぼけーっとつっ立ってるな、客人は急いでるんだあばよ、と男は黒塗りの運転席に納まった。

走り去る車の車番を私はメモった。

悪いのはどうみても黒塗りの方だが、機関銃を撃ちまくるようにがなりたてながら、車のナンバーを見ようともしなかった彼女の間の抜けようはどうしたことだろう。しかし、漢民族であったろう男を向こうにまわし麗君がみせた大立ち回りはみごとと言うほかはなかった。まるで婦好が蘇ったかのようだった。

私は彼女にメモを手渡した。彼女は受け取り、朝露をはじいて牡丹が一輪ひらいたかのよう、微笑んですぐさま携帯電話のボタンを押した。

北魏の王の祠で見た布巾をしごいていた侍女を私は想いだした。

三分と経たなかった。お巡りがオートバイを走らせて来た。

さらに一分後、黒塗りが戻って来た。男はピッグだ、こんがり焼きあがっていた。

お巡りこそが漢民族だろう。運転手がピッグだとすればうしろ足で起った牛さながらだ。ピストルを帯し、鎧ならぬ防弾チョッキで身を固め、白いヘルメットを被り、捕縛用の紐、棍棒、手錠を腰からさげ、じゃらじゃら音立てさせた。争いの経緯を聞き取りはするが調書をとるではなく、かいなを上下左右に振り諸事繁多なことではあり双方に矛を収めさせようとする。尻から垂れた尾ならぬ捕縛用の紐がアスファルトを掃いた。

沿道で商う人、店の客、通行人など、たちまち百人を超えたであろう、争いを遠巻きにした。しかし当事者どうしは折り合おうとしない。

嫌気がさしたとみえる。お巡りさんは、事故扱いする、二人ともあす署に出頭するように、と言いオートバイに跨って走り去った。黒塗りも去った。

頬に一、二本ほつれ毛を垂らしはしたものの麗君は何ごとも無かったかのようだった。

私に日本語で言った。

「ありがとう。こんなにたくさん人が集まっていたのに私の味方をしてくれたのはあなただけだったわ」

彼女はこう言いたいらしい、「怒ったとみせかけていたけれどはじめから私は冷静だったのよ」と。

だが直後、彼女は感情を爆発させフィアンセの胸を衝いた、なぜ私に加勢してくれなかったのよ、なぜぼけっと突っ立ったまま私を見てたのよ、このぐず、うすのろ、頓馬、あんたとはいっしょになってやるもんか、と。

「代わりの靴を買ってやるから機嫌を直してくれよ」

と何は麗君に泣きついた。そして、彼女を抱きかかえるようにして商店街へ急いだ。

安陽から北京へは、ＧＤＰが日本を抜いたという大国の躍進ぶりを見せつける象徴、高速鉄道和諧号（わかいごう）が走っている。

ホテルをチェックアウトし何と連れ立って駅へ向かおうとしていると、麗君が息弾ませフロントへと駆けて来た。

昨日は黒一色だったが、燃えたつような紅い装いに身をつつんでいた。

三人はロビーでお茶をした。

私は麗君に言った。

「日本のテレビで中国のドキュメンタリーを見ました。少数民族の嫁入りを取材した番組でした。衣装があなたが今着けているのとそっくり、紅の地に花を散りばめ実に美しかった。お嫁に行かせまいと母親が衣装を鷲掴んで泣いていました。娘の嫁入りって日本も中国もそっくり同じで、私の姉も――」

「どんなでした」

問いに私は答えた。

「私は農家の生まれでしてね、結婚式は農閑期の冬にあげるんです。白無垢に身をつつんで雪道を婿のもとまで馬橇で道中するんです。いざ発とうとしたときです。母は白無垢の袖を摑んで去らせまいとしました。からだをいといなさい、お婿さんとあちらのお父さんお母さんにかわいがっていただきなさい、と繰り返し繰り返し言って聞かせ、出立をすっかり遅らせてしまいました」


麗君の左の手がそわそわしだした。いずれ夫となるであろう男の手に触れた。

八日間の旅をして何に感動したかといって、この瞬間を見届けたこと以上のものは無かった。

何は私に告げた。

「安陽にあと一日、居残ることにします。北京へは一人で戻ってください」

ロビーに朝陽がさしてきた。


どんよりとした厚い雲の下を高速列車は激走した。

北京からテイクオフした機体は雲を衝いた。

雲は日本が近づくにつれて薄れ、やがて機体は青空につつまれた。

眼下の海はいかに。こんにちの日中関係さながら薄墨色を呈していた。

ブラッドフォードの王

ロンドンを発ってから一時間というもの厚い雲のなかを飛んだ。一瞬紺碧の空を見たがすぐにあらたな雲に吸い込まれた。下降しはじめているので地上が見えてもいいはずなのだが、なかなか見えてこない。うつらうつらするうちに眠りに落ちた。

夢を見た。私は舞台に立っている。『ラ・マンチャの男』の舞台だ。なんと私が主役を演じている。

スポットライトが驢馬のクビを照らした。

「旦那あ」

続いて小男を照らした。

「行っちゃあいけませんぜ」

大手をひろげ私の前に立ちはだかる。

小男サンチョを、長く私の下で働いてきた部下が演じている。

「行くってんならアッシを槍で突いて行ってくだせい、情けない。この調査団率いてるのは旦那だってのにとんずらするってんですかい。皆ちりぢりばらばら旦那から離れて行きまっせ。国際見本市開催なんぞ夢の夢ンなっちまう。だって旦那あ、みんな真っ先に参加申し込んでくれた連中でっせ」

「公式訪問は終った。後は帰るだけだ。みんなとパリで遊べ。私はイギリスへ行く。二日後パリの空港で落ち会おう」

場面が変った。オーストリアのインスブルックの朝だ。

サンチョだけなら捌き切れるが大勢の団員に取り囲まれては立ち往生してしまう。夜陰に紛れて逃げ出そうと暗いうちにチェックアウトしホテルのロビーを横切った。

タクシー乗り場へと急ぐ私を、サンチョが追いかけて来た。

「旦那あ、イギリスになんで行くんでしたっけ」

「何度言わせる、王に会うんだ」

「王ってのは」

「さあ」

「どこで会うんです」

「行ってみなければ分からん」

「そんなあ」

口が裂けても王の名と御座所は明かせない。サンチョはともかく団員が、「なんだ遊びだったか」と私を蔑むに違いない。

サンチョは言った。

「いったいぜんたい王っての、旦那にとってそんな大事な人なんですかい」

答えたものかどうかと迷ったすえに私は呟いた。

「オーロラを見た」

「ノルウェーのトロムソで見たあのすげえやつですかい」

「真っ赤なカーテンの向こうから王が私に叫んだ。二十年来の友よ来たれ、海向こうをうろつきながら我を振り向きもせず帰るとはけしからん、我が働きを見よ——だから、何がなんでも行かねばならん」

「分かんねえ」

縋りついてくるサンチョを退け私はタクシーに乗り込んだ。サンチョは闇に溶けていった。

眠りから醒めた。窓外の雲がようやく途切れていた。下方に緑におおわれた丘が見える。ブラッドフォード市とリーズ市のあいだにひろがっているのだろう。そのうち空港が見えてくるはずだ。

この機を逸しては二度と王を御座所に訪ねることはできまい。王と王妃にはこの二十年ほとんど毎月まみえてきた。その二人が海の向こうで一世一代の仕事をしている。せめて労をねぎらってから暇乞いをしよう、来てよかったんだと、私は心のうち自らを励ました。

団員を袖にしてすまないとは思う。潔く腹を括ればいいものを、昨日までの団員に接する私の態度は煮え切らなかった。あれこれ取り繕って弁解これつとめた。「公式訪問でイギリスにだけ足を運べなかった。産業革命のころからの国際交流には学ぶものがあろうからスコットランドあたりの街を廻って資料を集めて来る」と。

ミュージカルを観に行く、視察団を率いる務めをここ二日解いてくれ、蔑むなら蔑むがいいと、いっそ居直ってしまえばよかったのかもしれない。そういう忸怩たる思いをなお胸に私は地上に降り立った。ターンテーブルを素通りした。バゲージが出てくるのを待つ時間の浪費を嫌い東京を発つとき荷を大き目の手提げひとつにまとめたのだ。

タクシー乗り場へと小走り駆けるうちにようやく気持ちが吹っ切れた。どうとでもなれと、ほとんど自暴自棄である。

空港からブラッドフォードへの道は地図で見る限りほとんど一直線だ。タクシーはひた走った。行く手が浅葱色に霞んでいた。

運転手が振り返って訊ねた。

「日本から来たのかい」

「よく分かったね」

「日本から今王様が来てるんでね」

運転手はニッと笑って、

「俺観たぜ」

と言った。

私は嬉しくなった。この土地の人びとには芝居が根をおろしているらしい。

「どうでした」

「グレートだよ」

「彼を私は応援してるんだ」

「ほんとかね」

運転手はもう一度振り返った。

私はほくそ笑んだ。サンチョも団員も蹴散らして走っているような気がした。

同じ年の生まれで私より六ヵ月若い高麗屋九代目が、二十世紀から二十一世紀への日本国の舞台芸術の曲がり角の頂点に立ち羽ばたいている。私はそれを確かめに行こうとしている。

大学を出、北海道から上京して以来、私は高麗屋を見続けてきた。当時の染五郎は、木の芽会と言う修練の場を踏んでいた。花道に手が届く席で観ていた私の頭上を、染五郎は、揚幕への引っ込みで吹っ飛んで行った。そのとき受けた風を私はいまだに忘れることができない。以来、彼が演ずる舞台を一ファンとして観、彼が九代目襲名後は、同世代の英雄として崇め、崇めるだけでなく応援しようと後援会に入った。

九代目が成し遂げた仕事は枚挙に遑がない。が、何が破天荒かといって、英国に単身乗り込み本場の役者を相手にキングスイングリッシュで主役を演じたことがこれから先幾百年、演劇愛好家のあいだで語り継がれるだろう。劇団を編成しその座長におさまり興業の採算の責を負いつつ英国内を巡演しようというのだ。ロンドンで稽古ののちエディンバラで旗揚げし、十八日間上演のあと、わずか二日をあけ今は舞台をブラッドフォードに移している。こののち、グラスゴー、バーミンガムを経てロンドンはウェストエンドへ。実に七ヵ月二百七日にわたる長丁場である。このような演劇人が日本はもとよりアジアにかつてあっただろうか。

宿泊の予約を入れているビクトリアホテルが街のどのあたりにあるかを私は運転手に訊ねた。

「もちろんダウンタウンさ。王様演ってる劇場からワンブロックしか離れてない。隣みたいなもんです」

あと何分でホテルに着くかと訊ねると二十分だと言う。運転手の予告どおりに到着するものとすれば、ホテルにチェックインしたのち、ただちに劇場に向かったとして開幕までに五分ほどの余裕がある。

舞台を観るのはあすの予定だが、当日券があるならば今夜も観られるかもしれないと、期待がふくらんだ。


ダウンタウンの言葉のとおり街の中心部は窪んでいて、八方から道が低みへと下りている。ホテルは、その坂のなかほどにあった。

部屋は二階の奥だった。安全を重視してくれるのはありがたいが、部屋に辿りつくまでに三つもドアを通らなければならない。うちふたつを鍵で開け閉めしなければならなかった。

日本を発つまで毎日のように、高麗屋の事務所のUさんから九代目の英国での様子を聞いた。ブラッドフォードに入った日に、予約していたホテルをキャンセルしたとのことだった。劇場への足の便は無論のこと、部屋のつくり、ベッドの寝心地、水まわり、空調などを重く視たのであろう。キャンセルしたのは私が予約したこのホテルだったのではないかと疑われた。部屋が薄暗く寒々としており、どこに通じているのだろうと首を傾げさせるドアが部屋の奥の壁についていた。

私はベッドにバッグを放るなりホテルから飛び出した。

夕陽がダウンタウンを舐めていた。土地の低みに建つビルが屋根に円形のドームをのせている。それが、めざすアルハンブラ劇場だった。

ロビーは人で埋まっていた。開幕を告げるベルが鳴っている。今日はこの雰囲気に浸るだけで充分満足なのだと、私は自分に言い聞かせた。あとで分かったのだが、そこに居合わせた日本人は私を含めて四人だった。そのいずれもが人に埋もれていた。だから日本語で誰かに呼びかけられるとは私は思ってもいなかった。

「観るのはあすじゃなかったかしら」

声の主は九代目の夫人だった。

「たった今着きました」

当日券は、と見回す私に微笑みつつ、夫人はバッグから切符を取り出した。

「はやくはやく」

私に切符を手渡し、背中を押し二階へと急がせる。空港に到着してよりなんと五十分後に、私は観劇の席についたのである。

Uさんを通じて得た情報がさまざま頭を駆け巡った。

九代目が日本を発ったのは盆明け八月の下旬だった。ただちにロンドンの稽古場アルフォード・ハウスに籠もった。ひと月というもの九代目は、夫人やプロデューサーが気分転換を勧めてもホテルから一歩も外に出なかった。

夫人は、日本料理の食材を求めあるき、九代目のせりふの相手を務め発音をチェックした。夫婦一体となってのこうした努力は、二十一年前、二人が新婚の年、ニューヨークのブロードウェイに乗り込んで『ラ・マンチャの男』を主演した日から始まった。

単身乗り込んでの英語での主演ということでは同じだが、英国でのこの度の仕事は米国でのそれとは意味が異なる。何といっても英国は演劇の本場だ。日本で名高い九代目でも、稽古に加わった日から名も無い一俳優としての扱いを受けた。大勢のキャストやスタッフが見守るなか、九代目はひとり台詞を吐いた。演出家やプロデューサーからダメ出しが矢継ぎ早に放たれる。全身を鑿（のみ）でえぐられるようだった、これが王だという像を彫り出され刻み込まれんがためとは言え、肉体が削り取られ無くなってしまうのではないかと思われたと、これは九代目自身による述懐である。

現地のマスコミや劇評家などがする批評は当初辛口であった。英語の発音や間などに難がある、云々と。

シャムの王は英国人ではないのだから発音に訛りがあるほうがむしろリアルではないのかと考えられなくもない。しかし、九代目は、シャム王国の歴史背景、王の人物像、その描きようなどに、自身の解釈や主張を押し通しつつ、その一方いかなる苦言をも役づくりの血とし肉とした。

そうした努力の結果、新聞各紙の批評は様変わりした。「過去の名優の手になる王のイメージを払拭し新しい王をつくりあげた」云々と。

九代目が王を演じるのを観たというよりも、私がその夜舞台に観たのは、百五十年前のラーマ四世モンクットその人だった。

モンクットは二十代に戒律厳しい僧院での修行経験を積んだと伝えられる。背筋がまっすぐ通った姿勢、無駄なうごきのない身のこなし。それら修行の跡に九代目ならではの持ち味が塗布される。凛々と響く声。紛れもなくアジアの男であることを想わせる黒い頭髪と黒い双眸（そうぼう）。周囲を睥睨（へいげい）する炯炯とした眼の光り。それでいて己を拝する者に対し潤みを帯びた慈眼をもって語りかける。

このミュージカルはタイの王室を侮蔑するものだとの声が、初演以来六十年、近年においてもなおタイ国から発信されている。

その声とは、王の実像とは異なるとか、絶対的権力を持つ王に対し外国の女性が親しく口を利いたりまして抗議するなどということはあり得ないとか、ストーリーが史実を曲げているというたぐいの非難である。

そうした批判をかわすためではなく芸術をより高みに止揚しようと、九代目とアンナ役のスーザン・ハンプシャーは人間愛を強く押しだし舞台を新しくした。牽引したのは九代目の眼力だ。心を映す技である。

舞台にあっても楽屋にあっても瞬時も王たる威厳を失ってはならない。それがプロデューサーの九代目に対する要求であった。それは仏像あるいは王のモニュメントたれとの求めにも等しい。九代目の演技はその求めに応えた。

王者の威厳と権力を行使するがため舞台前半での眼差しは冷徹で威圧的である。しかし、地球は丸い、世界のなかでシャム国は小さいとアンナから教えられ大騒ぎする子たちを見るあたりから、王の眼は和らぎを帯びてくる。

教師などが王に接する機会はほとんどなかったはずだと、このミュージカルのストーリーを人は否定するが、児たちに触れるうちに、だからこそ王の眼差しはアンナへと移り注がれてゆく。シャム国も奴隷を使っているのだが、米国では奴隷制度が反省され廃止されたとアンナから聞かされ感じ入る場面が圧巻だった。頭の位置は王より低く、顔を床につけよと無理強いしながらも、リンカーン大統領に手紙を代筆せよ、象を贈ると書けと指示する。その折の王の眼にアンナへの好意がにじむ。夜が更けてアンナからダンスの手ほどきを受けることになるのだが、眼はいつかやさしさに溢れる。ダンスする脚の動きがなんとコミカルだったことか。

欧州各国による植民地化から国の独立を守りつつ近代化を進めたい王は、英国の保護を必要としている。野蛮国であると見られたのではそれが叶わず国づくりは進まない。暴君ならずとも王なのだから、アンナを力ずく妃の列に加えることができなくはなかったろうが、そうはしない。所詮王とアンナは結ばれ得ない仲なのだ。王の眼に悲哀と挫折感が漂いはじめる。

九代目夫人からかつて私は幾度も聞かされた。「舞台稽古がはじまるとラ・マンチャの男になって帰って来ますよ。アマデウスを演っている月は眼がサリエリの眼になって帰って来ますよ」と。そして今舞台で九代目は、どう見てもどう透かして見てもシャム王だ。その眼は舞台を支配し他の俳優たちが汗しているより多くを語った。

舞台後半でシャム王の言動は洗練されていく。ドイツの宣教師からキリスト教を、フランスの神父からラテン語を学んだと伝えられている王も、独力で身につけた英語は発音に粗と訛りが目立った。会話は単語を並べたようだった。それがアンナに導かれいつかキングスイングリッシュに磨かれていく。九代目とスーザン・ハンプシャーがこのミュージカルを新しくし得たのは、ひとえに登場人物とのあいだの関係性の謳いあげに成功したからだと思われる。

言動が洗練されてゆく一方で、西洋と東洋の文化の壁を前に王の心には疑念と迷いが生じる。王が歌う『パズルメント』に私は心打たれた。シャム王の胸のうちのさまざまな揺れ迷いを、九代目は身を傾がせ腕を振りあげ、上手へ下手へと踏み込み晒けだした。

劇団の経営に日本側を代表し参画しているTさんが、幕後に私に言った。

「どうでした」

私は返す言葉を知らなかった。

さもあらんと自慢げに笑み、彼は言った。

「あすのランチ、シャム王といっしょにホテルでどうです」

思いもよらない誘いで信じ難かった、たった今観た王に謁見を許され食事をともにできるとは。

その夜私はなかなか寝つかれなかった。夢にシャム王があらわれた。赤銅色のかお、オールバックの黒黒した髪。上体をまっすぐ立て肩を怒らせ、王は全身これ眼にして私を見おろした。


アルハンブラ劇場から坂を少しのぼったところに、九代目が宿をとっているノーフォーク・ガーデン・ホテルがあった。

王と会食するまでには時間があるので郊外に出ることにし、タクシーを走らせた。

このあたりの土地を舞台にした小説に、ヒースの花が一面丘を蔽うとあったことを想い出した。

そこで運転手に訊ねてみた、ヒースを見られないかと。花は疾うに落ちている、との答えが返ってきた。

ヒースは諦め、隣接するリーズ市の方へと向かった。

牧場が広がりはじめた。ポプラや楡の木々に目を奪われた。アンナがラーマ四世の元へと英国を離れたころもこの国の田園の風景はこのようであったかと思うと、不思議に懐かしい気がした。農家のかどを曲がった先に博物館があった。産業革命のころの織物工場の遺産を陳列しているらしい。

私は下車し、建屋に足を踏み入れた。

糸を紡ぐ機械がぎっしり並んでいる。床板に染みこんだ油の匂いが鼻をつく。紡ぎ、染め、織る工程がつづいていた。

歩廊を経、別棟に足を踏み込むと蒸気機関や発動機が床を埋めていた。

アンナが生まれたのは産業革命が成ったあとである。産業、文化とも活気が英国じゅうに漲っていたことが、目に触れるものから容易に想像される。そういえば昨夜の舞台のアンナが乗ってきた船は蒸気船だった。

長い建屋の外に出ると、ポプラが枝をそよがせていた。かたわらを小川が流れていた。水が野の草を撫でていた。私は岸辺にしばし休息した。

建屋に戻り売店で展示品の解説書を求めた。駄菓子を売っていた。色さまざまな飴の棒が無造作に山積みされていた。おそらくアンナも口にしたであろう往時そのままの素朴な甘みがするに違いない。そう考えるより先に、私の手は棒を掴んでいた。一ダース買い求めた。

ダウンタウンへ戻る道、行く手の空が黒ずんでいた。雨を呼ぶ雲ではないようである。絨緞が波打ちながら宙を舞っているかのようなのである。

この土地を舞台にした小説が、空を曇らせるほど鳥が群がり舞う、楡の樹を覆いつつむ、と描写していたことを想い出した。小説のとおりだった。広場の上空はみやま烏の踊り場だ。舞い降りて広場をつつもうかというひろがりを保ちつつ街のかどからかどへと飛遊する。リーダーがいるのか、それともリーダーなど無く、群れに心があるのか一羽もこぼれることなく移ろおうというのだ。

ダウンタウンで車を下りた。

教会があった。その角を曲がろうとしたとき、ばたばたという羽音を聴いた。見上げると、時を告げる鐘、尖塔、外壁を蔽う彫刻、窓、それらすべてを蔽い隠そうとするかのようにみやま烏が群がり張りつこうとしていた。

雨が落ちてきた。雨脚が見る間に激しくなった。屋根下に潜んだり窓枠に爪をかけるなどしてひと息ついているのであろう、烏は一羽も空を飛ばなくなった。私もホテルに戻ることにした。

ノーフォーク・ガーデンに向かうため正午前にホテルを出た。何か忘れていると感じ、部屋へ戻って飴の棒と博物館のガイドブックを手にした。

あるきながら考えた。九代目は、単行本一冊の分量はあろうかという英語のせりふをどうして覚えることができたのだろう。覚えるだけでもおおごとであるのに、その日一期一会のゆうに千人を数える英国人を感動に惹き込まなければならない。来る日も来る日も、二百七日もである。

空を仰ぐとみやま烏の群れが遠ざかって行った。その飛跡は、たっぷり墨を含んだ太筆を蒼穹に曳いたかのようだった。その尖が光に消えたかと息を呑む間もなく、異なる方角から別の群れが飛来し私の頭上を襲おうとした。ノーフォーク・ガーデンに私は逃げ込んだ。

ロビーの奥にレストランがあった。人の声がせず賑わっている様子もない。他にもレストランがあるのかもしれない。そう思ってロビーの中央へ引き返すと、背後から呼び止められた。

「こっちだよ」

Tさんだった。

「バイキングだから好きなものをとって、隣のテーブルにおかけなさい」

Tさんが指差す方を見ると四人掛けのテーブルを三人が囲んでいるのが見えた。

Tさんは言った。

「あのテーブルは私も掛けるからいっぱいでね」

そういうことだったのか。それはそうだ、はじめからそんなはずはなかったのだ。同じテーブルに就いてラーマ四世と食事をするような人間の格が自分には備わっていないのだ。

おそるおそるTさんに訊ねた。

「ごあいさつをしてもいいですか」

「どうぞ」

九代目夫人と、通訳兼マネジャーがこちらを見ている。背中を見せている人が王のはずだ。私は、王の面前に廻った。

「仕事で来ましたものでオーストリアから駆けつけました」

夫人が言った。

「きのう舞台を観てくださったのですよ」

私は九代目の反応を待った。しかし九代目は、目の前で何が起こっているのか理解が出来ないという様子であった。椅子に腰を下ろすというよりも背をまるめ、上体をやや沈めている。顔がテーブルまじかにあり、双眸が縁なしの眼鏡ごし上方にぼんやりとまどろんでいる。ガラスが上下カットされていて、正面を見たとき果たして上目蓋と下目蓋とがガラスにおさまり切るだろうかと疑われた。脂が抜け皮膚が乾いた軀体がそこにあって、どう見てもひどく疲れている。

私はたじろいだ。どこのどなたかと、九代目に問い詰められたような気がした。

間をおきすぎるのはよくないだろうと私は、

「昨夜の舞台、お疲れさまでした」

辛くも声が出た。すかさず夫人が助け舟を漕ぎだしてくれた。

「今夜も観てくださるのよ」

九代目が息を吐いた。風船から空気が抜け出る音を聴いたような気がした。

私は、飴の棒がほうりこまれてその先が無遠慮に閉じ口から突き出ている、色といいその質といい粗悪な紙袋とうすっぺらな冊子とを差し出し、今しがた王が顔を触れんばかりにしていたテーブルに置いて言った。

「けさこの街の博物館に行って来ました。おみやげに買ってきました」

夫人が言った。

「わたしたち遠出などとてもしませんもので――博物館はどのへんにあるのですか」

「リーズ市に向かって十分ほど行ったところでした」

王は、みやげを手に取るでもなく、ただ見下ろしている。そしてついにひとことも声を発しなかった。

レストランで何を口にしたか私はほとんど憶えていない。

バイキング料理を手当たりしだい皿に盛りつけ、王に背を向けて別のテーブルについた。

声が途切れなく聴こえた。静かなリズミカルなBGMのようだった。九代目夫人の声だ。窓から見える風景、少し変わったビルのこと、泊まっている部屋のドアのこと、電気釜で炊くごはんの水加減のこと、味噌汁のこと、そして、食している料理のこと。

九代目が料理を取りに行った。夫人がついて行った。九代目の皿に夫人が料理を盛り付けている。夫人は空気のように九代目をつつんでいる。

Uさんから聞いたことだが、夫人の実父はあす逝くかもしれない病の床にある。そのことを夫人は忘れているかのようだ。

仕事に障ってはと九代目はおそらくその事実を知らされていないのかも。いやそうではなくすでに知らされていて、舞台を離れている今、彼にとって唯一の気懸かりはそのことであり、岳父の病気快癒を祈っているのかもしれない。そう考えてはじめて私は九代目の様子に納得がいった。

「お先に」

王の声だ。

紙袋と冊子を左の手ゆびにはさみ、右手をズボンのポケットにさしこんで王が去って行く。そのうしろ姿がロビーに消えるまで、私は姿勢を正して目で追った。

舞台を離れた人のうしろ姿はさびしげであった。食事が終われば、テーブルについている意味も必要もない。部屋に戻って休息をし、舞台に備えるのみである。

テーブルに残ったひとはデザートとコーヒーを楽しんでいた。がそれもほんのひと時のことだった。王が居ない場は間がもたないのか、皆去って行った。

空が低かった。手が届きそうだ。この土地はどうしてこうも天空が近いのだろう。爪先あがりの通りを行った。目の前で風が巻いた。黒い風が私をつつみ込む。いやそれは鳥だった。みやま烏の襲来だ。私は目の前のカフェに飛び込み、カプチーノを注文した。窓外を仰ぎ見た。鳥たちが一片の黒雲となって消えて行く。かと思うと、群れはまたこちらに矛先を向けて来た。あっという間に窓の枠に烏が鈴なりになった。そのうちの一羽が、爪をかけるよりどころを見出せず、羽をばたつかせ落下していった。

あれは私だ、と思った。

地球の裏側の、日本に形が似た島国までやって来て二夜続けて王を観ることの意味を私は自らに問うた。ブラッドフォードへと駆り立て自分を追い詰めているような気がした。

きのう今日そうするまでもなく、日本を発つ前から自分はすでに充分追い詰められていたではないか。私は何をやっても中途半端だ。ものになりえたものはひとつもない。食べるための仕事にしろ創作にしろ取り組みはじめてから一流になろうと努めたか。なれるはずがないと思い込んでかかるのだから、みずから進んでものになることを拒んできたようなものだ。小説を書いてみた、半導体の研究をしてみた、政府をうごかすかもしれない政策立案に首を突っ込んでみた。最後のあがきに国際見本市のひとつも手がけてみようと出展者誘致のため国々を周っている。その帰途、ブラッドフォードに転がり込んだ。芝居を観て気分を晴らそうとしている。

九代目は今どうしているだろうか。私はノーフォーク・ガーデン・ホテルの一室に想いを馳せた。レストランでの九代目の姿かたちが脳裏に焼きついている。すでに老い衰えてしまった人に見えた。この世の人とは思えない有様だったではないか。しかしそれを誰が責めることができるだろう。エディンバラで旗揚げしてよりおよそ二十日。疲れの出るころであろう。だが、二百余日の長丁場のまだ十分の一を経たに過ぎない。

疲労の極にある九代目の駆体に、夕刻、魂が入る。八代目、祖父の七代目、歴代高麗屋の魂が満ちる。満ちてようやく九代目は起ちあがる。背筋が伸びる。その身その心のなか、九代の血が、音声が、せめぎあう。それを圧し鎮めつつ九代目は舞台に立つのだ。先祖の血が騒ぎ魂が舞台で躍動しようとするのを抑えかねるかのように、二時間半に及ぶ舞台の隅から隅までを支配する。そして拍手を浴びるのはひとり現高麗屋である。

江戸のころからいのちをつないできた高麗屋はいずれの代もが、進取の気に富んでいた。なかでも七代目は、明治から昭和への歌舞伎を発展させただけでなく、演劇に対する執念のきっさきを国内に留まらず地球の裏側にまでに向けた。英国のミュージカルを七代目は歌舞伎に仕立て上げた。その代表が『赤げっと五段返し』だ。『赤げっと』は江戸っ子のあいだに親しまれ今日もなお口伝え歌い継がれている。「洋行はやりもの、権兵衛も太郎兵衛も発って行く——ウィルソンもクレマンソーも——ステッキふりまわす浮かれ浮かれて面白や」と。そして八代目は、外国かぶれでは満足せずシェークスピアに食らいついた。

七代目八代目とも、英国ウェストエンドの舞台に立ってみたいものだという夢をよく口にしたと伝えられている。その血を九代目が受け継ぎ、世界に伍せる俳優が日本にあることを証そうとしている。


玉座に屹立する王の胸の張り、腕の構え、まっすぐな背筋、張りのある大音声。昼食の場に見た九代目と誰が同じ人だと思うだろう。

二日つづけて観る舞台は、十九世紀のシャム国の宮廷に私を引き摺り込んだ。スーザー・ハンプシャーが演ずるアンナが、野蛮なシャム王に失望し宮廷から去ろうとする。ビルマから妃として献上されてきたタプティムが、彼女に仕えてきたラン・タに恋をする。二人の仲は引き裂かれラン・タは王の配下に殺される。

宮廷を出、港にアンナは辿り着いた。船に乗り込もうとしていると、王が倒れたとの報せとともに王の書簡が届く。嫡子の育成をアンナに託したいとの切々たる王の声がアンナの胸に響く。アンナは宮廷に駆けつける。

九代目が主役を演じてきた舞台には、『ラ・マンチャの男』や『アマデウス』など死の床に就く場で幕が下りるという舞台が多いのだが『王様と私』も然り。息を引き取ろうかというきわの王の手にアンナが頬ずりをする。行為で示す敬愛のしるしである。

王は嫡男チュラロンコンに語りかけた。「人間にとって一番大事なことは、ひとが何を成したかではなく、何かを成すためにいかに努力をしたかだよ」と。

二夜続けて聞いたこのせりふが、私への励ましとも叱りとも聴こえて、ことに二度目は胸にこたえた。

王の眼差しは遠くを見て安らぎを得、近くを見ては膝つき祈るアンナや子たちをつつみこむようであった。


息をひきとったはずの王のかおが私の面前に蘇る、謁見を許すという。

九代目夫人が楽屋へと私を案内した。

通路に置かれた椅子に私を掛けさせ、夫人は言った。

「今シャワーを浴びてますからお待ちになって」

ちょうどそこへ、スーザン・ハンプシャーが、舞台衣装を着けたままやって来た。大輪の花と見紛うロングスカートが通るには楽屋の通路は狭すぎた。壁から壁へいっぱいいっぱいを、舞台が撥ねほっと息つきざわめいている空気を押して来た。

私が腰をあげかけるより早く九代目夫人が、「お疲れさま」と彼女に声をかけた。

大輪が私の膝頭を撫でた。

腰をやや低くし花が微笑んだかと思われて、スーザン・ハンプシャーは舞台の余韻、光のかけらさえもことごとく運び去って行った。

九代目夫人によれば、彼女は、幕が下りても主演女優としての仕事がまだひとつ残っているとでもいうかのように毎夜、役そのままの衣装とかおでやって来て王にねぎらいの言葉をかけるとのことだった。それは歌舞伎役者のする習い、作法そのままではある。舞台を離れてなお王がそうさせるのか、もとより彼女の持って生まれた人となりがそうさせるのか。

現地の新聞は伝えた。スーザン・ハンプシャーがインタビューに答えて言った。「『王』は九代目でなければならない。相手が彼でなければ『王様と私』の舞台に私は以降立たない」と。舞台は繰り返し上演され新しく練り上げられてこそ語り継がれる名舞台になる。タイ国とタイ国民にも歓迎され愛されるかもしれない新しいミュージカルが、九代目と演じてようやく生まれた、あるいは生まれつつあるとの観が、スーザン・ハンプシャーには深かったのではないだろうか。

九代目夫人が、

「もう、いいようです。どうぞ」

と、私を王の部屋へ招じ入れた。

王はガウンを纏い、マフラーを首に巻き、腕を組んでいた。左のてのひらが右の二の腕を、右のてのひらが心の臓をおさえていた。

ただし、じっと鏡の中を見据えている。まだ役のなかにある、邪魔をしてはいけない、近づくべきか、退くべきかと、私は逡巡した。こうも察した。九代目は今、父、祖父と魂の交信をしているのではないだろうか、と。

その王が私にかおを向けた。ありがとうございました。てのひらが、しずかに心の臓をはなれた。

「ようこそ、はるばる。ありがとうございました」

言いつつ、王のてのひらが私の五指を握った。いったん緩めたあともう一度、指を千切り取らんばかり強く握り、王は言った。

「飴を、ありがとうございました」

お疲れ様でしたとか、二夜続けて観られて幸せでしたなどと言えなくはなかったが、どんな言葉も、そのときその場の何か叫びたいような私の胸のうちの熱さとはひどくズレていた。

鏡の前には、のどを潤す飲み物にストローが差し込まれている。ポットがある。かおをつくるための七つ道具がところ狭しと並んでいる。客席内を映しだすテレビが壁に据え付けられている。タオルがある。ティッシュペーパーがある。鏡と九十度の角度をなして洗面台がある。それらを眺めまわすことのほかに私ができたことは何ひとつ無かった。

なお観察すると、楽屋は袖すり合わせるにも差し支える狭さである。奥のシャワールームもそうだ。これが座頭が使う控え室なのだろうか。歌舞伎座のそれならば、数倍どころか十倍広い。英国にあっては日本の座頭も一俳優に過ぎないとはこういうことだったかと思い知らされた。

私の持ち合わせたカメラで夫人がフラッシュをたいた。最後のフラッシュは私がたいて、九代目と九代目夫人をカメラにおさめた。

我が家の居間の違い棚に私は、九代目とのえにしの品をとっかえひっかえ飾っている。その中央を見開きの写真立てが年じゅう占めている。右に九代目と九代目夫人。夫人は九代目の背後に立ち両手を九代目の両肩にそれぞれのせている。二人の目は笑みを湛え輝いている。引きかえ写真立ての左には九代目と私。生ける屍のような私。魂の抜け去ったむくろそのもの、その目たるや、腐れかかった魚のまなこのようである。

腐れかかったとて私も仕事をしている。あすあさって、自分なりの仕事の舞台に立たなければならない。舞台でまともに演じられなくてもせめて、伝えるべき人に向かって言うべきせりふを吐きたいものだ。

王夫妻を前に私は、二人の仕事から受けた感動をかけらであれ言葉にしたかった。にも拘らず写真のなかの私は、そうする気力も余裕もないという眼をしている。

写真立てを見るたび私は、ブラッドフォードを発った朝を想い出す。空港に向かったものの、後ろ髪を引かれる思いがしてタクシーの中から振り返ると、街に浅葱の光の幕がおりていた。みやま烏の群れが幕を過ぎった。

九代目は今日も舞台に立つ。そう思うにつけ、群立するダウンタウンのビルの輪郭が浅葱の幕に滲み溶け出した。

雪割草

昼の仕事から身を退き残る日々、書くことに専念しようと考えていた矢先、国際見本市を開催して欲しいと日高徳三郎に頼まれた。日高は、特別豪雪地帯二百一市町村を束ねるN市の市長である。私は彼に恩義がある。雪に強い街づくりを推し進めようという数々の対策事業を受託させてもらった。要請を無礙に断ることはできない。だが、国際イベントを実施するには準備に三年、すくなくとも二年かかる。「鵜の目鷹の目、仕事はないだろうかとイベント屋が市役所にも押しかけているでしょう。彼らに委託してはどうですか」、と質すと日高は言った。

「雪国の未来を拓こうと君は努力してきてくれた。先進的な技術や商品を世界から呼び集められるのは君しかいないではないか」

ひと月が経過した。

「やりましょう」

と、私は誓った。日高にじかにではない、雪ぐには越後の新潟市に根をおろしている日本舞踊の家元市嶋八十世に、である。

先年、市嶋はある財団が主催する雪国文化賞を受賞した。日高と私は受賞を祝うパーティに駆けつけた。その場で日高は「国際見本市を」と、私に促した。私は家元に向き直って、間髪入れず「やりましょう」と声を張ったのだった。

日高はにんまり顔をほころばせた。


開催の準備に私はとりかかった。中国や韓国も参加するアジアで初の見本市にしたい。ただし、世界じゅうからの出展がなくては「国際」の体をなさない。欧米の主要な都市では、雪寒さを克服するだけでなくむしろ楽しむための商品技術を取引する常設の場を設けている。そこで欧米に飛び見本市を催すノウハウを学ぶとともに、「アジアでも開かれます」とアピールし来日を要請することにした。

あす飛び発とうという日に、たまたま私は新潟に出張していた。

準備が順調に運ぶとはかぎらない、じゅうぶんな数の出展者を呼び込めないかも知れない、と悪夢にうなされる夜がなくもなかった。私の本音は、開催期間中に特設舞台を設け、彼女に舞ってもらい彼女の至芸を国内はもとより海外にも紹介したい、そのためにこそ開催するのだ、の一点にある。

彼女に会って「準備に取りかかります」と報告したくなった。

新潟の街なかには半世紀前まで掘割があった。指を五本さしだしたように海へ向かっている。水の都だと称されたゆえんである。

新潟を称える呼称が今ひとつある。南は大阪へ北は津軽、蝦夷へとまわる北前船が帆をおろす湊があった。荷も人も、ことに大阪とのあいだでの往還が繁しかった。幕末のころのことである、振付師を兼ねた歌舞伎役者が湊(みなと)に根をおろした。おかげで新潟では、あまたの芸妓が育ち京の祇園と並び称される芸どころ柳都(りゅうと)となった。最盛期には、置屋が百四十、綺麗どころが五百名を数えた。「古町の芸妓は錨の綱か、けさも出船を二艘とめた」と小唄に歌われた。

むろんそういう最盛期を私は知らない。そもそも初めて街を訪れたとき堀はすでに埋められていた。汚れがめだちはじめたからと言い訳をするくらいならば浚えばいいではないか。しかし市の役人は、舟が行き来していた堀に土砂を投げ入れてしまった。堀沿いを振袖さんたちが行く。向こうから留袖さんたちが来る。すると振袖さんたちは道をあけてお姉さんたちにお通り願う。そういう情緒がなくなった。芸妓たちは、排気ガスを捨てつつ走る車に狭い路側へ押しやられてしまった。

このたび訪れてみても、かつて水面に映っていたはずの柳が車道と歩道の境のところどころに忘れ去られたように枝葉を揺らしている。一丁行くごと両沿道に、横切っていいのだろうかと心細げに小路が顔を出している。堀があったころ流れには数多くの橋が架かっていた、坂内小路橋、柾谷小路橋、鍛治小路橋などが。

私は坂内小路を行った。小路が「おいでなし」と声をかけてくれたのだ。

小路を少し行くと赤い煉瓦積みの塀に沿いだした。

七、八メートルの高い塀だ。煉瓦積みの向こうは刑務所だ。市民のあいだでは、いずれ刑務所は移転され跡地が公園になると囁かれている。もっとも煉瓦や囚人たちにはそう知らされていないだろう。

煉瓦積みに沿うかぎり小路は『地獄極楽小路』と呼ばれている。路地の行きつくところに料亭があるからである。

森が見えてきた。

百年もの昔、雪と風の猛威から花街を護ろうと植林されたクロマツが森になっている。

料亭の冠木門をくぐると数奇屋が点在している。すべてが離れである。森そのものが料亭なのだ。

陽射しの熱いころに門をくぐると、待ち受けていた仲居に「こちらへ」と案内されたものだ。

クロマツの枝をとおって来た樋のかたわらに立たされ、つゆのはいった小鉢と箸を手渡される。間合いよく樋を走って来た水がそうめんを届けてくれる。それを掬って口に運んだものだ。

今は晩秋、あすにも初雪を見ようとしている。流しそうめんのもてなしを受ける季節ではない。仲居が、森の高みへと導いてくれた。

飛び石を踏む。石段をのぼる。

招じ入れられたのは離れ。雨戸と障子を閉じると密室である。緋と群青の座布団とがひと組、向かい合っていた。

座すことしばし、襖がひらいた。

仲居が告げた。

「家元さんはお稽古がだいぶかかりそうなんですって。振袖さんをさしむけましょうかと仰っていますが」

私は断った。一時間だろうが二時間だろうが、家元の舞台を想い浮かべていれば、いくら待たされてもいっこう苦ではない。

一本歯の下駄を履き八十世はサラシを振った。長袴を着け二枚扇を手にしての狂乱ぶりを舞った。振り分け前髪、黒地首抜き、尺八を背帯にさし、江戸前の女達を舞った。

私の胸の内に彼女は生きている。三十年来の姿を目蓋に、彼女の舞いを観ているうちにふと気がついた、目の前の緋の布団から雪割草が花をもたげた、と。

数年前のことだ、拙い詞章を添え、私は彼女に便りを認めた。

『雪の褥の翳青く、木立こだちのあしもとに黒土のぞける、春近し、雪割草の薄紅の、花あすひらかんとすこそ、嬉しけれ』

清元のどこまでも透る澄んだ声にのって舞ってほしい。彼女の芸を観る多くの人のうちの一人でしかない私が、そう望むことがどれほど畏れ多いことかを私は百も承知だった。

今日は、『雪割草』を舞ってほしいとは口にすまい、だから花に代わって姿を見せてくれろよ、と私はひたすら八十世の入来を希った。

国立劇場の楽屋におもむいて彼女をねぎらったことがある。暖簾の前に立って声をかけると、舞台で黒衣をつとめたじさまが出て来た。彼は私を見咎め足を止めた。私が芸を解する男だとは思わなかったらしい。お前さんはどこのどいつだ家元とどんな仲なんだい、と目で問うた。

暖簾の外のそこはかとない空気を察して家元が顔を見せてくれた。

彼女は『子守』の舞台からまだ抜け切っていなかった。ほつれ髪が一本、顔に垂れていた。頬をつたう滴。耳朶のうしろの白塗りが落ちきっていなかった。

私は彼女の頭頂に目を奪われた。寄せ集められた髪が輪ゴムで巻かれている。家元は、心はまだ舞台にあってつくねんとし、汗を拭おうともしない。横山大観の画『無我』を彷彿とさせた。

結わえられた頭髪の先が八方を向いているその先を、私はおもわずつまんでしまった。「髱の下はこうなっていたんですか」と問うと、彼女はそれには答えず「どうでしたか舞台は」と逆に問い返した。

雪ぐにから江戸に出て来た子守の里が目に見えましたよと答えたかった。だが、言葉にならなかった。

お祝いが恥ずかしいほどしか入っていない祝儀袋を、私は彼女に手渡した。十三や四の男の児が、八つの子守に物言わず飴玉を突きつけたかのような渡しようであった。

家元はおしいただいて、はだけた胸を熨斗袋でおさえつつ、言った。

「この姿では着到口までお送りできません。ごめんなさいね」

そのひとことで、私は楽屋から遠ざけられた。


飛び石を踏む音がした。

八十世は楚々として畳を踏んだ。

雪解けが近い雪面を割って雪割草がかおを出したかのようだった。色白の面てが清しかった。

私は問うた。

「難しい舞いのしあげをされていたんでしょうね、もしかして『うしろ面』の」

「どうしてお分かりで――」

「十日後の国立の予告を目にしたものですから」

「大阪から伝わった秘伝の舞いでしてね」

「いよいよ東京で披露なさる」

私は口惜しい思いがした。国立劇場で彼女が舞うころ私は、北方圏の国々をまわっているのだ。

一度だけこの街で私は、『うしろ面』を観たことがある。

舞台奥の上手から下手へひろがっている藪が人界と獣の棲む世界とを分けている。浄瑠璃にのって尼僧が、実は狐の化身が、藪をひょいと越えてあらわれる。「吾も人なるぞよ」と姿を偽るのだが、すぐに本性があらわれてしまう。身をひるがえすと、こちらを向いた後頭部は狐の面てだ。嗤う。人間の振りをなぞる。が、発した声は「コーン」だ。悲しいかな手の握りが、狐であると明かしてしまう。

僧の唱える念仏が狐の耳に届く。

耳を傾けるうちに気になるのは、ふた親の安否だ。いかにおわすや、とおもわず合掌。はてさてどうしたものか。人界から去ろうか。それとも留まろうか。迷いに迷ったすえにひょいと跳ねた。藪の向こうへ飛んで消えた。

家元と私とは、芸が介してくれる仲にすぎない。舞うのは家元、観るのは私。楽屋で言葉を交わしはしてもそれ以上、親密にはなれない。

ここは料亭の密室だ、せめて身を寄せて語り合いたい。

「何年ぶりの再演になりますか」

「九年です」

「九年にも――あの舞台は今も胸に映ったままです」

「嬉しい」

と感嘆し、彼女は芸を語りだした。

「舞いは額縁に入れて飾れませんでね。せいぜいビデオに撮れるぐらいですけど舞う心は人さまには伝わりません。伝わるのは実際に観てくださった方にだけです。でも、舞い手のほまれです、冥利です、観てくださった方の心に永く生きられますので」

万葉びとは、遠くにあって逢えないひとを慕うことを「こひ」と歌った。言葉を紡ぎ合えはしても触れ合えない家元は、私にとって「こひ」しい存在だ。しかし、今夜の彼女は私の裡に長く残るだろうし、今宵訪れて来た男があったということをは、家元もそうそう忘れはすまい。

二年がかりで北方圏を行脚した。

一年目はカナダ東部のモントリオールと西のエドモントンを訪ねた。翌年はノルウェーの極地トロムソを、トロムソからはオーストリアのインスブルックへ、南下した。日本への呼び込みはいかに。成果は乏しかった。出展を約束してくれたのは六ヵ国からの十五社にすぎなかった。

国際イベントは海に船を漕ぎ出すような業だ。多国籍の人びとを乗せて出航するのだから公的機関や大企業であるならまだしも、中小の法人が取り組めるような事業ではない。私がするそれは、さしずめ一艘の小舟を沖に漕ぎ出すようなものだった。いかにも危うい。海に出たとたんに荒波に飲み込まれかねない。

コンベンションホールが竣工式を迎えようとしている。気が気ではないのだろう、苛立ちを隠せないでいる日高を訪ねた。

準備万端、整ったとは言えないが柿落としにはなんとしても間に合わせます、と私は報告した。しかし、「アジアで初」としていながら、中国と韓国からは参加してもらえなかった。日本に古来ある氷室（ひむろ）は、朝鮮半島を介して大陸から伝来した文化遺産であるとし、韓国や中国で氷室が利用されていた歴史、その形態などをともども紹介して、氷を介した大陸とのつながりを世界に発信しよう、と私は再三、要請した。にもかかわらず両国にはにべもなく断られた。

当初、海外からの参加で埋められるだろうと皮算用をしていたブースの数は四十だった。しかしその半分どまりだ。国内からの参加を加えても広いホールは空きだらけだ。これでは胸を張ってオープンできないと、私は豪雪地帯から積雪寒冷地帯にまで範囲をひろげ官民に参加を呼びかけた。

結果、ブースの総数は百十を数え、形だけでも見本市の体裁を整えられた。

オーストリアからの出品、スキー客をカウントし管理するシステムを、来場者が通る会場の入口に据えることにした。ゲートを通った先は、渦巻く海流さながらに小間を配した。渦の芯たる核には外来の主要企業を勢ぞろいさせた。すなわち、スキー板、スキーウェア、雪上車、リフト、ゴンドラ、人工降雪機、雪崩の発生を予測するシステム、スキーヤーに立木などとの衝突を避けさせる安全装置、などである。国内からの参加者には核を取り囲ませた。降積雪がもたらすマイナスからもっぱら都市を人を護ろうとする技術商品で二重三重にだ。

小舟を操縦するクルーの顔ぶれも揃って、さて漕ぎ出そうかとして思わぬ騒ぎが。出展者からのクレームだ。小間の配置、小間ごとの展示物、出展者の名と担当者名、などを記載したガイドブックに「ミスプリントがある」と言う。「我が社の名義のスペルのAがEに化けている」と言うのだ。正誤表を挟むことにしますと対応したものの、「名義を軽く扱われてはかなわない。印刷し直せ」と息巻いて譲らない。刷りあがっているガイドブックは三万部だ。私は平身低頭した。シールを貼ることでようやく納得してもらった。

実は印刷し直したほうがコストからも手間暇からもよかったのかも知れない。スタッフは眠る時間を奪われた。とりあえず初日にさばけるであろう八千部に、スタッフはシールを貼り続ける労を強いられた。

そんななか、半官半民の公益法人が、主催者が詰める部屋に怒鳴り込んで来た。「日本の雪対策を世界にアピールする絶好のチャンスだから協力しろってんで参加してやったのに、来てみたら隅の隅におさまっとれっていうのか。会場のど真ん中で大きな顔をしている外国の奴らのと小間を入れ替えろ」とがなりたてた。

私は譲らなかった、見本市はあくまで民間が主役だ、民間を支えるのが官だ、まんじゅうになぞらえれば官はあんこをつつむ薄皮だ、かつ海を越えて来た出展者には礼を尽くさなければならない、このポリシーを曲げる気はさらさらない、ご不満ならお引取りください、と。

法人に国から天下っているのであろう男は頭から湯気をたてつつ退きさがった。

ウェルカムパーティーで舞う家元が弟子を引き連れてやって来た、彼女と食事をしよう、と日高が電話をかけてきた。八十世に会えるのは嬉しいが、準備の手を抜けない、お二人でどうぞ、と答えておいた。

しかしガイドブックにシールを貼りこんでいるスタッフを横目に私は落ちつけなかった。気もそぞろ、夜半に私は彼らのそばから離れ市中へと車を飛ばした。

八十世は樋口一葉に生き写しの美形だ。眼が合っただけで疲れを忘れさせ癒やしてくれた。はや席を起とうかと腰をあげかけていた市長と家元は、座を正した。

「届けてくれたガイドブックに見惚れていたところだよ。よくここまで漕ぎつけてくれた。あすのテープカットでは君への礼をたっぷりスピーチさせてもらうよ」

日高は感に堪えないという。それはどうでもいいことだ。私は、家元に質した。

「あすは何を舞っていただけるのですか」

家元は答えた。

「『北越雪譜』です」

『北越雪譜』は私を家元に引き合わせた舞いである。彼女が世に問うた新作である。年に一度、刊行する雪の専門書の表紙を新作の舞台写真で飾りたいと、私は新潟の花街を初めて訪ねたのだった。

家元は快諾してくれた。

『北越雪譜』と題しているが舞いは角兵衛獅子ものである。

目もあけられない吹雪をついて、江戸からふるさとへ戻って来た女児、角兵衛。

「おっかあ今帰ったよ」

と叫ぶ。

矢絣かかる白い帳（とばり）を分けて母親が登場する、「おいでおいで」と。

だが角兵衛は行き倒れ雪に埋もれてしまう。

「雪をどう降らせるつもりですか。人工降雪機がカナダから来ていますから降らせましょうか」

と、私は質した。

家元は答えた。

「じさまが降らせてくれますし、倒れた私を白い布でおおってくれますからお気遣いなく」

紙吹雪は白布でじゅうぶん猛吹雪だと演出できる。そう言いつつ家元は私に酌をしてくれた。

疲れも手つだって私はたちまち酩酊した。

日高が気を利かし席を起った。

あとに残されて私と顔を見合わせ、家元は言った。

「疲れているのかとばかり思っていましたが、もしや胃が痛んでいるのでは——心配ごとでもおありではないのですか」

「大ありですよ。イベントは成功とはとても言えません。漕ぎ出す舟にたとえるなら沈んでしまいそうです」

「なんですって」

「舟底に穴があいてましてね、舟といっしょに私も沈みそうです」

「塞げばいいじゃありませんか」

「塞ぎはしましたが」

「国際イベントですものね、外国といろいろあったのでは」

私はつい肯いてしまった。

「家元さんは何もかもお見通しになる。おそろしいくらいだ」

「どなたであれ眼を見てますと、何を思ってらっしゃるか分かりますよ。若いころの私に宗家がつけるお稽古はそれは厳しかったんです。あらどこ見てんだい目線が違うよ、顔だけで舞いなさんな、何を想っているのか、どんなに悲しいのかを、観てくださってる方に体で振りで分かっていただくのが舞いだよ、って……ですから立場が入れ替わって今目の前にしているあなたを見ていると……」

感に堪えず私は八十世にあとを続けさせなかった。「これで」とさえぎって、腰をあげた。

八十世も腰をあげた。

そろって料亭をあとにした。

日高のこれも心配りか、料亭から百歩出た先に二人が同宿する宿があった。戊辰戦争であとかたも無くなった城跡に百五十年営まれ続けてきた越後の旧家を想わせるたたずまいの旅館だ。

上り框で会釈し合い言葉を交わすことなく、右と左に別れた。

カナダはモントリオールでのことである。

三百ものブースのすべてを訪ね、三つ折りのパンフレットを手渡して来日を要請してまわった。パンフレットは日本の冬を紹介している。裏返すと、「アジアで初の見本市が開催されます」と、赤い大きいポイントで記されている。

しかし出展者の反応は芳しくなかった。東洋の東の海に浮かぶ島国の、驚くべき量の雪の降りよう、その雪の処理のしよう、を知ってもらうだけで、出展者とのやりとりは終ってしまった。北方圏の国々の冬の一日は短い。疾うに暮れてしまっても、すぐホテルに戻る気にはなれず、壁を背で押しずるずる床に落ち尻餅をついた。

すると、いかつい顔の背の高い男が声をかけてきた。

「君のことが主催者のあいだでちょっとした噂になってるぜ。ブースをいちいちまわって口説いてどうしようってんだ。ブースに立ってるのは営業マンの下っ端かバイトだぞ。頭をさげたところで奴ら、上司に報告すると思うのか。この会場を出たところでパンフレットはゴミ箱に捨てられてるぞ。俺はな、イベントプロデューサーだ。欧州から出展者をこの会場に率いて来たのは俺なんだ。望むなら君のために欧州から少なくとも十社、日本に送り込んでやってもいいぜ」

名刺を交換した。彼の名はトーマス・ヤンデールだ。私は即座に、ヤンデールに『病泥流』と漢字を当てた。厭な気がした。

だが、病泥流が助けてくれるなら、N市で開く見本市は形が整ったようなものだ。そう思いつつ、私は起って背筋をのばした。

彼は続けた。

「協力してやる条件は二つだ。相場より少し高いが五パーセントの手数料をくれよ。それから欧州じゅうを駆けずりまわる足代も前金で頼むぜ」

私は彼に乗せられた。私が泊まっているホテルまで彼に同行させ、キャッシュで五千ドルを手渡した。

別れ際に彼は言った。

「ノルウェーのトロムソで来年、見本市があるってこと知ってるだろ。俺はオスロに事務所を構えている。トロムソは俺の庭みたいなもんだ。現地でのオープニングパーティーで会おうぜ。それまでには、日本に率いて行く顔ぶれが固まってるだろうよ」

私は疲れが吹っ飛んだような気がした。

トロムソで、と約束した時間、場所に、ヤンデールはあらわれなかった。

北緯六十九度四十分という極地だ。トロムソは寒かった。太陽が日中も水平線をうろついていた。街が海に向かって傾いでいた。路肩に積もった雪はにび色の光を放っていた。家元がいます越後では今、積雪が銀色に輝きひと肌のようにしっとりしているだろう。トロムソでのような冷たい光を放ってはいないだろう。そう思うと家元の顔が胸いっぱいにひろがって息が苦しいほどだった。

街灯の光までが凍っていた。その下を行き来する人は稀であって、誰しもが黒ずくめだ。足もとを気にしつつおずおず行く。なかには、『ソルベーグの歌』を口ずさみつつ泣いているひともあったかも知れない。

パブがあった。従業員が店から飛び出、すぐさま引っ込んだ。水色のシャツの袖をめくり、ここは常夏だおいでよと呼びかけているかに見えた。

トロムソでは夜八時をまわってから人が街にくりだして来る、十時ごろからエンターテイメントがはじまる、と東京を発つ前に旅行代理店が教えてくれた。そのとおりであった。

私はパブに踏み込んだ。

すると、外は冷蔵庫の中のように冷えた闇だったというのに、ぬくぬくとし太陽が出ていた。熱射を浴びつつ押し合いへしあいしている人の躰から湯気がたちのぼっていた。トランペットがバンドをリードしていた。ボーイが持つ六個ひとかたまりのビールジョッキが頭上を行き交った。穂波のように揺れる人人人、怒号、悲鳴、が私を壁へ押しやろうとした。

赤茶けた髪のビア樽のように肥えた女が目の前に立った。

極地に降り立ってからというもの想い続けてきた家元とは似ても似つかない女だ。が、彼女は私に「踊ろう」と言う。

私は彼女に抱きついた。踊るというより食らいついたと言ったほうがいいだろう。

ふいに一人の男が私に体当たりした。女を私から引き離そうというのか。そうではない、道をあけろと言っているらしい。

彼のあとからもう一人の男が来て私をかすめた。一歩、行き過ぎてから女と私を振り返って彼は言った。

「やあ、楽しんでんね」

赤い皮ジャンパーを着けている。

そのジャンパーに私はおもわず声をかけた。

「ヤンデールじゃないか」

病泥流は言った。

「やあ貴様か。そうか、見本市は今日オープンしたんだったな」

「欧州から日本に何社、来るんだ。リストを見せろ」

「オスロからファクスしておいたぜ」

「いつ送ったんだ。東京を発つときはまだ届いてなかった。オスロに電話をしても誰も出なかった。君はほんとうに会社持ちなのか」

「イベントの仕掛け人が外国をまわってちゃいかんて言うのか」

「まわってたなら成果があったはずだ」

「残念ながら俺の客人は貴様だけじゃないんでね」

「手付金を払ったじゃないか」

「あんなはした金はとうにすっちまったよ。ドイツまでがせいぜいだ。フランスやイタリアまでは足をのばせん」

病泥流は母国ではヤクザであったか。かつて欧州の沿岸を跋扈した海賊が海の底から蘇ったかのようだ。

海賊はやおらジャンパーの内ポケットに手を入れ名刺をさし出した。

名刺には『Ryutaro Aoyagi』とあった。

「日本に代理人を置いといたぜ」

「名前だけじゃないか。アドレスは、電話番号は」

「知りたけりゃあすオスロからファクスしとくよ」

「もう君には頼まない」

と叫ぶと、彼は不気味に嗤った。

「契約を破棄するってのか」

それには返さず私はパブから飛び出した。

ホテルまで駆けた。

タクシーを呼んだ。

運転手に私は告げた。

「オーロラが見えるところまで急いでくれ」

「雲が厚い。今夜は出ないよ」

「ロシアとの国境近くまで行ったら雲が切れるだろう」

「海に落ちてしまうよ」

「落ちてもいい、行け」

運転手はいやいやアクセルを踏んだ。

橋を渡り北上した。

十分も走っただろうか、車はスピードを落とした。

「旦那、雲が切れてる。うっすら出てるよ」

「もっと北へ」

さらに走った。

運転手は言った。

「ここらでいいだろう」

白い大地のただなかに車は停まった。

私は車からおりた。

夜空に扉がひらいていた。扉から青い幕が幾筋も垂れていた。

幕の襞を駆けのぼろうとする赤い炎。

そうはさせまいと揺れる天幕。

一瞬消え、ふたたび垂れた。それは白かった。瞬後、ごうごうたる吹雪に変わった。

吹雪の向こうにかすか、私は舞いを見た。

八十世が『角兵衛獅子』を舞っている。

夢か幻か。それでもいい。彼女を抱き寄せたかった。そうでもしないことには地上に立っていられそうもない。

彼女の装いの一枚一枚を剝ぎ取ってしまいたい。

が彼女の着付けはそれを許さない。一時間、舞い続けたとしても、着崩れしないのが彼女の着付けだ。肌着、下帯からはじめて細身に食い込んでいるからだ。花であれば手に取れようが、指一本、触れさせないのが彼女の肌だ。

見本市開会の朝を迎えた。

テープカットのセレモニーで陽が当たるのは、オープンまでに汗した私ではない、日高である。彼の右に国の代表である審議官、地元経済団体の長、左には県の副知事、そして市民代表。彼らが顔をほころばせテープに鋏を入れると、くす玉が割られ、景気づけの大音響が会場をゆるがした。

準備に取りかかってからの長い時間に比べ、イベントの本番は瞬時と言っていいほどの短さだ。三日間が激流にのったかのように過ぎ去ってゆく。

オープニングのセレモニーが終わると時間の流れに身をゆだねるほかにすることが無かった。その意味では、生を享けたがさいご死を待つだけの生に似ている。

雁行のように並んでいるブースを眺めつつ、私は己が来し方を振り返った。三十有余年、列島の日本海沿いを北から南端まで駆け続けた。これからも雪ぐにを走り続けたいと思わないではないが、残されている時間、私は筆を握っていたい。

そういう思いに耽っていると、取的（とりてき）のような体軀の男が眼の前を過ぎった。なぜか木刀を手にしていた。のそっと行き、私が詰めている主催事務局の部屋内を覗いた。

一歩ゆくごとに木刀の先で床を突く。いったい見本市にどんな用事があるというのだろう、と私は不審に思った。

その日の午後、不意の来客があった。大学で卒論を指導してくれた、今は日本雪氷学会の会長をつとめている教授、南昭男だった。コンベンションホールの柿落としをいっそう盛り上げようと、日高市長は国際雪氷学会をも誘致していたのだ。

南とは久しぶりの対面だった。だが、交わした言葉はふたことみことにすぎなかった。それぞれ海外を相手にどんな経緯で事を進めてきたのかを語り終えると、「元気でな」「先生も」のほかに口を利くことは無くなってしまった。

初日の締めはウェルカムパーティーである。

日高がスピーチし、来賓が相次いで祝辞を述べ、副知事が乾杯の音頭を取った。

特設舞台で家元が、『角兵衛獅子』を舞い始めると、国内外から集まった人びとの視線は彼女の舞いに釘づけになった。

雪ならぬ紙吹雪が舞い落ち始めたときだった。私は誰かに肩を叩かれた。振り返ると、木刀こそ持っていなかった、例の男がうしろに立っていた。

男が差し出した名刺には、『インターナショナル・コンベンションプランニング日本出張所長青柳隆一郎』とあった。

青柳は額面二百五十万円の請求書を私に突きつけた。

彼は言った。

「裏を見ろ。リストのそいつらはな、オスロの俺のボス、ヤンデールが日本にブースを出させた奴らだ。契約どおり金を払え。言っとくが、五パーセントの手数料に、ボスがフランス、イタリアを駆けずりまわった足代のせといたぞ」

会場の外に彼を連れ出して私は言った。

「いいがかりもいいとこだ。ヤンデールは働いていない。一社も呼び込んでくれなかった。手付金を返せとこちらが逆に請求したいくらいだ」

「問答無用だ。あすキャッシュで貰い受ける。耳揃えて用意しとけ」

私はその夜、スタッフと通訳を総動員した。リストアップされている出展者は、青柳がガイドブックからピックアップしたにすぎない。来日している各社に確認し、同時にガイドブックに記されている本社に国際電話を入れ、「ヤンデールから勧誘を受けたか」と問い合わせた。「イエス」と返ってきた回答は皆無だった。

私は即日、青柳を呼び出して告げた。

「各社に確認させてもらったよ。ヤンデールなど知らない、名前を聞いたこともない、という返事ばかりだった。要求はお門違いだ」

青柳は吼えた。

「貴様らあすあさって無事に会場から出られると思うな。受付の女らは俺がもらい受けて可愛がってやる」

イベントのクロージングにはこれといったセレモニーは無い。アナウンスが閉会を告げ、『蛍の光』が流されるだけである。

するとどうだろう、場内はこれが国際交流の場であったかと目を疑わせた。名残を惜しむ会話がブース間で交わされたとは思えない。小間の大半が数分でからになった。およそ期待したほど利に結びつかなかったと言いたいのだろう、ブースに立っていた人びとの逃げ足は速かった。閉幕する際に捨てられるものが多くあるだろうからと、廃棄する場所と搬出口をあらかじめ指定しておいた。その搬出口から吹き込んで来た寒々とした風に押されたか、スタッフが駆けて来た。

「会場が荒らされている」

と叫び、何がどうとは告げずすぐさま踵を返して行く。

彼のあとを私は追った。

北方圏諸国の在日大使館を招待していたのだが、そのコーナーに異常があった。ノルウェー大使館は旅客機の模型を押し出しクロスカントリースキーを楽しんでいる市民やオーロラが夜空を掃いている映像をビデオで流していたはず。フィンランド大使館は、木製のミニ家具一式を並べていたはずだ。それら二つのブースは見るかげもなかった。飛行機の模型は羽根をもぎとられ片肺になり、家具類は微塵に砕けていた。

スタッフの誰もが歯ぎしりした。

家具と飛行機の模型の破片を手にしてスタッフの一人が言った、「これは私が預かります。おもちゃの修理屋を知っていますので」と。

病泥流の顔を私は想い泛べた。おもうに彼の目と口は常に嗤っていた。今ほど彼を不気味におもったことはなかった。見本市はまだ終わっていない、会場を離れてはならない、とスタッフに指示し、ただし受付をしてくれていた女子たちはただちに会場から引き揚げさせた。

事務局の部屋に戻って私は、廃棄するものと東京に持ち帰るものの仕分けにとりかかった。

ごみをかかえて外に出た。

廃棄物の集積場は津波に襲われた被災地跡を見るようだった。寸刻前までブースの壁に貼られていたパネルやポスターをはじめ、カタログ類までが山と積みあげられていた。自分が二年がかり準備してきた事業のこれが幕切れか。雪ぐにを相手に取り組んで来た我が半生の桧舞台のこれが幕切れか。家元の芸との何という違いだろう。そう思うにつけこみあげてくるものがあった。

己の来し方を嘲りたくなった。

そのときだ。廃棄物の山が白くなった。オーロラを見ているのか。

空を飛んでいる。

落ちた。何かに激突した。氷か。そうだここは極地だ。頭上がざわめいている、光の襞がのたうっている。

襞を攀じ昇ろうとあがいた。

私は見た。光の幕の向こうで、家元が舞っている。

「救急車が来ました」

「お大事に」

「すみません、お先に東京に戻ります。ことの次第を理事長に報告します」

と聴こえたかとおもうと、

「おい眼をあけろ」

「口を利け」

頭に、口腔に、がんがんと響く声、声、声。

口腔の内はコンベンションホールのようにひろびろしている。舌をもちあげホールの天井を舐めようと試みた。すると舌の先が空を泳いでいるものに触れた。前歯だ。差し歯が折れ、垂れさがっているらしい。

脚と腰に激しい痛みを覚えた。

ふたたびの声。

「顔が三つに割れてらあ」

「いい見栄えだぜ」


時が経った。

「とんだことだったねえ。これに懲りずに二年後にまた見本市をやってくれないか、頼むよ」

日高の声だ。

胸の裡、私は叫んだ、二度と外国に飛び発つものか、これをさいごに書斎に引き籠りたいよ、と。

得も言われぬ静けさの底にどれだけ沈んでいたのだろう。意識の底が明るくなった。

近づいて来たのは角兵衛の獅子頭か、否、家元だった。

「あらあら顔に凄みがそなわりましたね。鬼ですねえ、私といっしょに舞台に立てますよ、隈取りせずに」

冷えた指だ。私の下顎を上顎を撫でた。触られただけで痛んだ。

家元は言った。

「鬼さんからいただいた『雪割草』を、来春、舞わせていただくことにしましたよ」

破顔一笑したつもりが、頭じゅうに痛みが走って、私はべそをかいてしまった。


コルセットが嵌っている脚腰は自由が利かないが、頭に巻きついていた包帯は取れている。

窓外遠くに越後の山々の稜線が眺められた。

その向こう東京では、今日も空が高いことだろう。が、ここ越後では雲が低い。手がとどきそうである。

八海山を想い浮かべた。

東京では花がひらこうかというころのこと、私は八海山を望む町で仕事をした。翌早朝、雪の回廊を車を走らせた。雪の壁は見あげるばかり高かった。雪の塊を抜いて里へおりる回廊を通したかのようだ。

うねりにうねる回廊がまっすぐにのびはじめると、雪の壁はしだいに低くなってゆく。沿道の棚田が見えてくる。棚田をおおう雪が黎明が近いと告げ、光を放ちだした。

高みに茅葺の住まい。はや人が起きたとみえる、ぽっと灯りが点った。

瀬音を聴いた。

沿道の斜面に木々。いずれの根元にも雪の窪みが生じはじめていた。土がのぞいている個所の下では、雪割草が芽吹きはじめているだろう。

私は手帳を手にし、詞章を書き綴った。

今一度、駆けつけてくれたか。私に再度、付き添ってくれている人がある。家元だ。

「大道具やさんに」

と私は声をかけた。「舞台の背景に八海山を描いてもらってください」

家元は頷いた。

「それから」

と私は続けた。「舞台は白一色。雪面が割れる。すると家元さんがせりあがる、緑の衣装をつけて。舞ううちに衣装がぶっかえり、家元さんは薄紅の花に変じる。そういう演出はいかがですか」

家元はもう一度、頷いた。

我が父ラルフ・アースキン

ストックホルムのドロットニングホルムの坂をのぼってゆくと二本の白樺の木立が出迎えてくれた。木立は枝を交叉させ白壁のかまぼこ型の一軒屋に寄り添っていた。そこが、古河哲也がめざしているラルフ・アースキンのアトリエだった。日本で、ことに雪ぐにでよく見かける酒蔵を彷彿とさせ、屋根が二重になっていた。その上下十センチばかりの隙間は、北欧ならではの強い風をやり過ごそうとしている。かまぼこ型の屋根であるから、アトリエ内の天井は丸いのだろう。

ラルフ・アースキンの軀は巨きかった。奈良の盧舎那仏を想わせた。角がとれまろやかな四角い頭部。なんぴとをも慈しまんとする眼差し。握手してくれた仏の掌は熱かった。

アトリエの天井はやはり丸かった。暖房の余熱を外に逃がすまいとしている。屋内の隅々までが暖かだった。

古河はアースキンから北方圏を舞台に彼が半世紀にわたって計画設計してきた仕事の説明を受

けた。どの仕事にも「愛」が満ちていた。

住宅地の完成をイメージしたスケッチを前に彼は語った。

「ここに住む人間のためだけにではなく、私は鳥たちの住まいも同時に設計したんだよ」

木造二階建ての棟の連なりは五線紙に音符が並んでいるかのようなたたずまいで、軽やかなリズミカルな、室内楽が聴こえてくるようだった。各棟の外壁、窓、ベランダなどが響きあっていた。住宅地は樹々の繁みを取り込んでいる。というよりも森のなかに住宅地があるかのよう。その木々の幹、枝などに確かに鳥たちの住まいも。ひと同様、鳥たちの好みはさまざまだ。庭つきのひろびろした住まいを好む鳥もあれば、緑に包まれ群れをなしたいと欲する鳥たちもある。前者に応えるためには、ひとからじかに餌を得られるようにと、ひとの住まいの庭にしつらえられた止まり木に巣箱を掲げさせている。後者の鳥たちのためには、巣箱を木々に抱かせ、そのひろさ、開口部の数などに選択がきくよう配慮されている。日本の、否、世界のアーキテクトに、このような住宅地を設計したひとがかつてあっただろうか。

アースキンの目は鳥ばかりではなく人間の弱者にこそ注がれていた。労働者の町の団地計画ではこうだ。施主に頼まれたわけではないのに、土地造成のあとに出た土で小高い山を築いた、児たちが八方から攀じ登り転げ落ちて、はしゃげるように、と。冬期間いっそう楽しんでもらおうと、風を誘導する工作物を配し、児たちが遊ぶ小山にたっぷり雪を積もらせようと試みていた。

中層の住宅群の計画ではこうだ。住棟をして、戸建の住宅を取り囲ませた。戸建は数戸をユニットとし庭を共有させている。非積雪期には菜園とし花畑とし語らいの場とさせ、冬期には雪捨て場として使ってもらおうというのだろう。身体が不自由な人びとの住む戸建群には商業施設を併設させていた。

計画設計のいずれもが自然を克服しつつも自然と調和している。古河が学びたかったのはこの一点にある。風雪すさまじい傾斜地に住宅を設計するときは、南面に太陽光を採り入れるサンルームを配し北側は半地下にしていた。吹きあげて来る風は屋根上を通り過ごさせ家屋の北に雪を運ばせ積もらせるのだ。そして、屋根上は土でおおっていた。住まいの断熱材として利用するとともに夏期には屋根上を花園とし、人びとを楽しませようというのである。

スキー場のホテルの設計では、山斜面の法面の下にホテルの建物をほとんど埋没させていた。宿泊客がスキーを担ぎエレベーターで屋上にあがると、そこはスキーで滑降するスタート地点になっていた。

アースキンは英国の生まれである。ルースと結婚し北欧に移り住んだが、すぐには仕事に恵まれなかった。生きるのがやっとだった。住む家が持てず、港に浮かぶヨットで寝起きしかつアトリエにした。主婦としてだけでなくルースは、計画設計の助手として、事務員兼秘書として、アースキンを支えた。

ドロットニングホルムを去ろうとして古河は彼に質した、「スカンジナビアで支払われる設計報酬はじゅうぶんですか」と。アースキンは即答した。「とうてい満足とは言えない。しかし、見てのとおり私は飢え死にしそうではないし、病気になっても医者が生かしてくれる。デラックスな生活をするほどではないというだけのことだ」と。

言いつつ彼はアトリエの隅で事務をとっているルースに視線を送った。

ルースはすっくと起った。

小柄な人だった。夫にねぎらわれたと受け止めたか笑みを返し目で答えた、そうですともこうしてなんとか生きていますもの、と。

古河は雪ぐにのまちや建物を雪に対して強靱化する仕事をしている。日本は北欧より温暖であるから、寒さ対策はそれほど重要ではない。雪の多さとその降りようの凄まじさこそが問題である。しかも湿ったひどく重い雪だ。道路の除排雪や地吹雪対策、ニュータウンの雪対策、雪荷重に耐えられる住宅の開発、などに彼は取り組んできた。国や地方自治体から委託を受け成果を納めて、雇ってくれている法人に利をもたらし、生活の糧を得てきた。そのことだけをもってすれば、彼は満足していた。しかし、ラルフ・アースキンを訪ね帰国してからは、これまでの仕事の取り組みように疑問を抱いた。

かつて彼は発電所の排熱を利用する研究をした。新潟県のほぼ中央、日本海の沿岸に国が電力会社をして出力七百万キロワットの火力発電所を建設させるという。電力の供給源としてだけでなく、より地域住民に歓迎されるよう立地させられないか、と古河は国に問われた。そこで彼は、温排水を海に捨てるのではなく、地域住民の冬期の生活環境の改善に資するための方策を研究した。発電所から県央の都市とその周辺へ、直径一メートルもの導水管を敷設し路上に温排水を散水して融雪するほか、県内に立地している産業が必要とする熱需要に応え排熱を利用してはどうか、と提案した。

ところで、研究の成果を受けてのち国は、「火力発電所」とは実は「原子力発電所」である、その立地を住民に歓迎してもらうために調査を委託したのだ、と明かした。研究に着手する前に古河は国に問うべきであった、七百万キロワットなどという途方もなく大規模な火発をなぜ雪ぐにに立地させるのか、そのニーズが県民にあるのか、と。発電した電力は雪ぐににはただの一キロワットも落とさず、高圧の送電線で越後山脈を越え東京へ送るのだという。そういう国と電力会社の思惑を知って古河は唖然とした。東京で電力を使うなら原発を東京に立地させればいいではないか。雪ぐににとって望ましい環境をと希求し調査に取り組んでいながら、将来、雪ぐにの人びとに放射能を浴びさせかねない国策に古河は与していたのである。

これまで自分が手がけてきた仕事はアースキンの仕事とは天と地ほどものひらきがあった。自分には「愛」がなかった。人びとのあすを思ってではなく、仕事を受託し給料と引きかえにただ汗する毎日を送ってきた。流した汗はただの水だった。「愛」から流れ出る汗ではなかった。そう気づくや彼はふるえを覚えた。

疑念を抱きながらも古河がなお日々働く場は、日本海沿岸の豪雪地帯である、山陰から北陸を経、東北へ、そして北海道へと、豪雪地帯は国土の過半を占めている。今日は北陸を、あすは東北へと、古河は奔走し続けた。

新潟から北、ことに東北の沿岸地域は、地吹雪の常襲地帯である。『雪は天からの便りである』という言葉を、先達すなわち古河の師は残したが、雪は天上からとどくだけではなく地上をかすめ横ざまからもとどく。人が人へする便りでいえば速達便ではあるが嬉しい手紙ではない。矢を射掛けられたように激しい降りだ。天上には青空がひろがっているにもかかわらず、わずか秒速数メートルの風が吹くと地上に白い簾がかかる。きのう積もった新雪が舞いあがり地上をいっせいに駆けだすのである。視界はゼロ。ホワイトアウトだ。車は走行できなくなり立ち往生させられる。車の衝突事故が多発する。車内に閉じ込められた人は眠りに落ちたがさいご排気ガスを吸って落命する。歩行中の人も道を失うと行き倒れてしまう。そういう事故を未然に防ぐにはどうすればよいか。気象はむろん地形と土地利用も異なる各地で、古河は地吹雪を観測してまわる仕事に従事した。国から一方的に委託されたのではない。調査研究をしたいから一千万円予算を組んで欲しい、と古河自身が国に訴えたのだ。ラルフ・アースキンの教えがそうさせた。

アースキンは、カナダのレゾリュートベイでの経験を古河に語った。

「イヌイットと白人が生活をともにするまちを計画したよ。彼らと膝を交えて対話し、現地をともに視てまわりつつ、ドラム缶を方々に置いて雪がどこにどのように積もるかを調べたよ。雪を相手に仕事をするときは、現地を熟知すること、そのためにも現地で実験してみることが大事だ。その結果をもとに私は、まちを計画する用地を選定した」

地吹雪を相手に古河がする実験とはこうだ。細長いブリキ製の箱を風上から風下に置き、吹き込む雪の量を測る。単純な実験ではある。しかし猛吹雪をついてだ。吹雪いていないときは仕事にならない。気温と降雪と風速を予想しつつの現地入りだ。もし空が、期待した通り吹雪いてくれなければお手あげだ。

山形の庄内平野を縦断し秋田に入った。本庄の宿で彼は新聞を手にした。

小学児童が集団下校中に地吹雪に遭い灌漑用水路に転落し、危うくいのちを落としかけた、というニュースが目に飛び込んできた。

古河はただちに事故現場を訪ねた。集落の長である大石が通学児童の父兄たちを集めてくれた。集落の地図をひろげ大石は、まるで警察の取り調べを受けたかのよう、声を張りあげ陳述した。

「わらしらは道ばはずれて水路に嵌っただよ」

児らが嵌った水路とは、いつも通る通学路からわずか七、八メートルしか離れていなかった。

いのちびろいをした児の母、奥山が言った。

「たんげ降るときゃ、皆と手つないであさげって言って聞かせてただによお」

ある児の父は溜息を漏らした。

「吹雪もおっかねども車がもっとおっかねえ。タイヤにかまれんようあさぐが難儀さ」

要は通学は地吹雪と車の二重苦であると言う。

古河は地図を睨んだ。児たちが通学しているのは県道だ。集落から学校までの隔たりは二キロ。県道を避けこの区間を古河は線でつないだ。農家を避けつつも線は田畑を横切ることになる。線上に等間隔に木立を描いた。いずれの木立も枝を切り落とし頭にのみ葉を繁らせた。

大石が問う。

「農道だっすな」

「児たちにはこういう道を歩かせたらどうです」

大石は否んだ。

「そがなどこ、市が除雪してくれんわ」

古河は、木と木の間にそれぞれ縄を張り渡して、言った。

「皆さんが脱穀したあとの稲束を、児たちの背を越える高さまでいいんです、挟掛けしてください。挟掛けしたより風下の側には雪は積もりません。市に除雪してもらう必要はありません。児たちには挟掛けに沿って風下の側を歩かせて下さい。風に煽られることなく、道を失うことなく、通学できます」

「おどろいた。そがなことか」

「じぇじぇこばかからねぇなあ」

「田んぼの並木ちゃあ夏にあづましかんべなあ」

「んだっきゃ」

皆がみな顔を見合わせた。

能代に至った。

激しい降りをものともせず観測し終えると、空腹を覚えた。町なかへと歩を進め古河は縄暖簾をくぐった。

「しょっつる鍋を」

とオーダーすると、四十路を行っているであろう女主が、

「熱燗もしょ」

か細い声で訊いた。

顔がやつれ肌が透けて蒼かった。「暖簾をさげて奥に横になったらいかがですか」と勧めたくなった。

やはり四十にとどいていようか、女が店に飛び込んで来た。

「ヨシちゃん、この雪、夜まで止まんねえ」

と吐息し、「一年、長かったしょ、しげねえしょ」

店主は頷き、

「すみさん、お客さんにこれを」

すみと呼ばれた女は熱燗を盆に乗せ古河へと運んだ。そして古河に、

「あいよ」

銚子を傾けた。

酌を受け古河は一気に呑み乾した。

「ほれ、もひとつ」

それをも乾した時、二人連れの男が店に入って来た。

奥へと行きつつ喚き散らした。

「たんげ大雪だ。あしたも三時起きかあ」

「ええってことよ。ブルにさえ乗ってりゃお金になるんだ。雪さまさまだ」

聞きつけすみが叫んだ。

「あんたら、雪のどこがさまさまだっての」

「なんでえ」

男らは身構えた。

「この店をなんだとおもっとる。ヨシちゃんの身にばなって。誰のせいだってのさ、あんたらが歩道に雪をおっつけるからだよ」

「おっつけねと雪のけられんわ」

「雪捨て場さ持ってけ」

「いっつもかもダンプ出せるかよ。そだな金もらっとらん。文句あんなら市役所に言え」

「すみさん、もういいごったよ」

と、ヨシが洟(はなみず)を啜った。

が、我慢がならないと、

「あんたら税金で食ってんだべ。なんのためわちら納めてんだか分からんよ。悲しい思いするために納めてんじゃないよ」

ヨシが男どもへとあゆみ、消え入りそうな声で問うた。

「何にします」

声をひそめ古河はすみに訊ねた。

「いったい何がどうしたというんですか」

男どもに聞こえよがし、すみは言った。

「去年の今ごろさ。ヨシちゃんの百合ちゃんがランドセル背負って、県道行っただ。んだば歩道の雪山から落ちて十トントラックにかまれた。悲鳴聴いてヨシちゃん、駆けつけ百合ちゃんば抱いたら、胴から下がつぶれてまっ赤だったんよ」

ヨシはシングルマザーだという。長距離トラックの運転手をしている夫が、九州まで行っての帰り大阪で女をつくって戻って来なかった。ひとつぶだねの娘百合を育てるためヨシは、一杯呑み屋を営んできた。だがその百合が亡くなった。生きる気力を失いヨシは床についたきり。やっときのうから店をあけているのだという。

話はブル持ちの男らの耳にとどいたらしい。煮込みを頰張り酒をあおるや腰をあげた。

店から出ようとして二人はすみに毒づいた。

「勤め人が家出る前に児どもらが通学するまでにってんで、俺たち夜もろくに眠らず雪よけてんだぜ」

「何もよう、轢いてくれってわざわざ車の下に寝るこたあないだろうによお」

ぼやく彼らを送り出しつつ、すみは言った。

「わらしに県道をあさげ、遠回りしてあさげってのか」

古河は男たちのあとを追いかけてすぐにも東京に戻りたくなった。万札をすみに手渡し、

「お釣りはいりません。お線香と、それからお花を――」

すると、すみは吼えた。

「お釣りいらねっての。憐れんでやったらヨシちゃんがめやぐとでもおもってんのかい」

ヨシが言った。

「お客さん、ありがとね、いただきます」

雪に強いまちづくりをし、古河はこれまで多くの市や町を助けてきたつもりだ。車道の雪対策に限っていえば、ひと昔前までのように雪のために車が立ち往生することはなくなった。車は日々、予定どおり車庫を出、夕べには車庫に戻って来る。『雪害』は死語になりつつある。そうなるよう自分は貢献してきたつもりだった。

だが、知恵を絞って策定された雪対策にのっとって現場で働いているのはダンプ持ちの男たちだ。彼らが飯食うお膳立てを自分はしてきただけなのか。歩行者も含めて安全に人が毎日を送ることができるようにと、ましてや人をして死に至らしめることはないようにと、仕事をしてきたのではなかったのか。

自分を信じ疑ったことはなかった。が、児たちが除雪車が道路脇に押した伸し餅のような、ただしでこぼこの雪堤の上を、のぼりおりしながら通学しているという事実をなぜ、見逃してきたのだろうか。児らのいのちを奪うことになるとは想像もしていなかった。

古河は霞が関に足を運んだ。公園緑地の整備を進めている審議官に訴えた、「雪ぐににこそ緑道を。都会ではなく地方の町にも、児童が車道から離れて安全に通学できる道、できることなら緑道の整備に国費を」と。

北欧にアースキンを訪ねた折、古河は、「あなたのように、弱者に優しい仕事を、どうしたらできるのでしょうか」と訊ねた。すると彼は、「君に弟や妹がいるかい」と質した。古河は頷いた。

アースキンは言った、「幼かったころ喧嘩をしたろう。しかしいたわったこともあったろう。そのときの気持ちを想い出すんだね」と。

胸に迫るものがあった。

古河は北海道央の寒村の生まれだ。幼い日のある朝を想い出した。

外は吹雪いていたがそうひどくはならないだろうと妹の手を引いた。途中まで来たときだった。急に降りが激しくなり目もあけられなくなった。辿る道しるべは先に行った人の靴跡だけだ。が、どうしたことだろう、先に行った人は道をそれたのだろうか、否、風が埋めたのだ、消えてしまった。

なにがしかのお金を懐に登校するその日は『ちょきんの日』だった。校内にこども銀行が開設される。高学年が行員をつとめ小遣いの入出金を受け付ける。古河も妹も通帳とお金を懐にしのばせて家を出たのだった。

妹がふと懐中に手をさし入れお札を摑みだした。滅多に手にしたことのない緑色の十円札を母さんが持たせてくれた、嬉しくてならない、と妹はお札を唇にあてがった。

息を呑む間もなかった。お札は妹の手を離れた。とんぼがえりを打ちつつ飛び去った。そのさまを、妹はただぼんやりと見送った。古河は慌てて雪を蹴った。駆けてもかけても、お札は先を走って行った。

行く手に挟木が積まれていた。挟木をつつんでいる雪にお札はしがみついた。

古河はお札へと体を投げ出した。

さぞ妹が喜ぶだろうと振り返った。

だが妹の姿が見えない。妹までが飛ばされてしまったのか。名を呼んだが返事がない。目にできたのは白一色の世界だ。聴こえたのは吹雪の吼声だけだった。

おろおろ戻ること十数歩、雪面に漬物樽の大きさの穴があいていた。

妹は兄を追ったのだ。そして土地の窪みに嵌ったらしい。雪穴から小さな手がのぞいていた。妹を引きあげた。窪みの底には水が溜まっていた。妹はずぶ濡れだ。

登校をあきらめ古河は妹をおんぶし道を引き返した。

審議官に会いつつも古河は憶い出していた、風邪を引いて妹とともに枕を並べたことを。より鮮明に想いだしたのはお札のことだ。お札は生きもののように跳躍し喜び勇み飛んで行った。

妹を語るまでもない。ヨシの娘がダンプに轢き殺されたと報告するだけでじゅうぶんだった。

国は緑道事業を豪雪地帯でも進めようと決してくれた。まずは調査をし、調査後に事業に取りかかる。北陸地方で一都市、東北で一都市と、国は決した。

古河は能代市での計画に取り組んだ。通学児童ばかりではなく婦女子も老人も利用できるように設計した。維持管理にはまちぐるみで当たってもらうことにした。すなわち小型除雪機械で雪を除いてもらう。

それだけでよいのだろうか。ドロットニングホルムへ飛んで行きアドバイスを求めようか。そう思っていると夢にアースキンがあらわれた。「助言してください」と乞うた。だが彼は言葉を返してくれなかった。

古河は考えた、北欧へ飛んで教えを乞うぐらいなら、彼に来日してもらった方がいいのでは、北方圏で彼がなしとげてきた偉業を自分一人で独占していいものだろうか、全国の雪対策関係者とアースキンのノウハウを共有すべきではないのか、と。

ドロットニングホルムを訪うた際、アースキンと交わしたやりとりを憶い出した。

「日本に招待したらおいでいただけますか」

「日本には国際デザイン会議がひらかれたときに行ったことがある。行かれるものならもう一度、行きたいね」

古河は国の後援を得、国際シンポジウムを開催することにした。アースキンに招待状を送った。彼は快諾した。


アースキンが成田の税関から出て来た。一人ではなかった。婦人がついて来た。なんと、ルースだ。しかももう一人、ルースと変わらぬ背恰好の人が。アースキンの愛娘カレンだった。

アースキンは言った。

「一等席でゆったり来るようにと送金してくれたね。スカンジナビアのビジネスで一人で来ようと思ったのだが、同じ料金で三人も乗れるもんでね、ロシアのエアロフロートで妻子を連れて来たよ」

利用してくれた便がどうであれ、古河が負担する一週間分の滞在費は三倍に膨らんでしまうではないか。困ったことになった。が、アースキンはそれと察して古河に言った、「迷惑かけないよ。余計にかかる分は私が受け取る報酬を削ってくれてもいいよ」と。

妻子同伴で来たわけを問うまでもなかった。アースキンは、半世紀にわたる妻の労に報いたかったのだ。ルースはルースで、デザイナーを志している娘に見聞を広げさせたかった。夫婦愛、親子愛に古河は打たれた。滞在費は三人とも古河が負担することにした。

ホテルに着くとロビーのラウンジで、シンポジウムを終えるまでのスケジュールを確認し、謝金と滞在費だとして百万円を古河はキャッシュで手渡した。彼はお札をテーブルに一枚一枚、置いて数え、そして懐に収めた。部屋に戻るや束ごとルースに手渡したことだろう。

アースキンとともに過ごしたここまでが初日だった。

新潟でのシンポジウムを終えてのちアースキン親子は西へ向かった。京都、奈良、大和郡山を巡るという。

彼らが旅をしているあいだのことだった。全国建築設計家協会の会長が、ラルフ・アースキンを一日貸してくれと言ってきた。「物じゃあるまいし、世界に知られたアーキテクトを貸せとは何ごとか」と古河が抗議すると会長は、日本の設計業界に助言して欲しいのだ、と言った。「アースキンは今、家族連れで観光しています。お貸しすると彼らは帰国を一日延ばさなくてはなりません。アースキンへ大枚の謝金を支払ってあげてくれますか」と質し、それを条件に古河は申し入れに応じることにした。

アースキンがこのオファーを受けているあいだ、ルースとカレンは東京が不案内だ、古河は二人を銀座と浅草に案内した。

ホテルに戻って来るとアースキンが待ち受けていた。「妻と娘まで世話になった。返礼をしたい。会食しよう。今夜、六本木のスウェーデン会館に家族と来てほしい」と言う。

会食はバイキングスタイルだった。アースキンは、古河の妻と娘につきっきりサービスこれつとめた。鰊の酢漬け、鮭の燻製、キャビア、ハム、温かい料理、と多彩なメニューがスモーガスボードに並んでいた。古河をはそっちのけだ。料理をつぎつぎ取り、はいこれもこれもと、彼は古河の妻子のテーブルへ運んでくれた。

アースキン一家が成田から発つ日がきた。仕事から離れられない古河に代わって妻が三人を成田に見送った。ルースは別れを惜しみ、旅行中に買い求めたという鍋敷きをバッグから取り出した。「それは家にありますし、どなたかへのお土産のおつもりでお買いになったのでしょうからお持ちになって」と妻は辞退した。だがルースは、鍋敷きを妻の手に握らせ、急ぎゲートに向かってしまったという。

古河の妻はしみじみ語った、「ルースさんが外国の方とは思えなかったわ。つつましくって知的な方。明治のころに英国から単身、来日して日本列島を縦断したイザベラ・バードはあのような人だったのではないかしら」と。

シンポジウムは全国の雪対策関係者、百五十人の参加を得て新潟で開催された。

自然と格闘しつつも北欧でアースキンが計画設計した仕事には、雪の量と寒さのていどの違いを差し引いたとしても、日本人が古来、雪と共存して生きるために編み出してきた工夫に相通じる知恵がはたらいていた。

日本の山岳の、ことに豪雪の地には曲り屋とも中門造りとも称される住まいがある。山斜面の法面の下に家屋をなかば沈め、吹き上げ吹きおろしてくる風は屋根上を素通りさせ、雪崩は屋根上を走らせる。全く同様のことを、アースキンは極北の地での住まいの設計で工夫していた。

英国から移住して後、アースキンは北欧の住宅のありようを根本から改めるべく努めた。アースキンの口から『校倉づくり』が飛び出した。北欧でのそれまでの住まいは、奈良の正倉院のつくりそのものだったという。隙間だらけ、雪風が吹き込む。三枚も四枚も重ね着しなければ過ごせない住まいであった。そこで彼は、住宅の床、壁、天井を厚さ二十センチものグラスウールなどで断熱するという住文化を確立させた。さて断熱を極限まで追求すると、住まいの形態はゆきつくところ球形になってしまう。実際、そういう理論に興味を示した施主のために、アースキンは球形の住宅を設計したことがある。あるいはまた、暖房で温められた熱を外に逃がすまいと集合住宅のベランダをは、住宅本体から切り離し、軒から宙吊りにした。

彼の講演の前半が終わったところで古河が中継ぎ役を果たした。「豪雪地帯で通学中の児童が地吹雪に晒され遭難した。このようなことは二度とあってはならない。そこで地吹雪の常襲地帯であろうとも、歩行者専用の緑道を計画したいものだ」とし、「北欧よりは温暖なので北陸では消雪パイプを路面に敷設して雪を消したい。少しく寒い東北では吹き払い防止柵を併設して雪を風下へ飛ばしたい」とした。

するとアースキンがコメントした。

「アイディアはインテリジェントだ。しかし、消雪パイプも柵も、住民にサービスするのは冬だけだ。雪の無い半年、眠らせておくのか。無駄なことはよした方がいい。住民には年間を通して快適なおもいをしてもらいたいものだ。君の案は零点ではないが五十点どまりだね」

シンポジウムを終えて翌朝のこと。古河が目を覚ますと時計の針が九時をまわっていた。アースキン一家は十時の列車で古都に向かう。彼らを古河は駅に送らなければならない。急ぎ身づくろいをし、階下に降りた。

血のつながりこそないが、シンポジウムを通して古河はアースキンが実の父親のように思われてならなくなった。京に見送ったあとは二度と会えないかもしれない。

三人を車で駅へ送った。駅に着くまでがひどく長くもひどく短くも感じられた。

ホームのキオスクで笹団子を求め、車中にとどけた。

するとアースキンが手持ちの紙にサインペンを走らせて言った。

「もう会えないかも知れないから、私のアイディアをプレゼントしてから京都に向かうことにするよ」

盧舎那仏の太いゆびがペンを自在に操った。丸と棒と線と点とを描き、かつ結びかつ組み合わせた。その意味するところを、こうだこうしてこうするのだと彼は説いた。スケッチを受け取らせて「分ったか」と質した。

しかし古河はスケッチを解せなかった。

古河の顔を覗き込みアースキンは、「分かってくれないのかい」と失望をあらわにした。


国の事業費を自治体に交付する順序は、ある指標の数値の大小で決められる。指標とは降る雪、積もる雪の量だ。児のいのちが一人失われているにもかかわらず、能代での事業化は北陸でのそれのあとにまわされることになった。

一年、設計に余裕ができたので古河は、アースキンが描いたスケッチの謎を解くべく努めた。結果、緑道に流雪溝を併設することにした。

流雪溝は三面張りの側溝の類である。ただし彼が用いる側溝は、流水の力で雪を河川まで運び去るだけではない。多機能を備えさせた。非積雪期には二重底にする。本体に蓋をするのだ。蓋とは樋だ。その幅を区間によって広くも狭くもする。広い区間では水の流れは浅くなる。児たちが水遊びをしてくれるだろう。狭い区間ではやや勾配をつけ、ささやかではあるが見た目に涼しい滝にする。さて、水の行き着くところ、河川に至る手前で池にそそがせた。池には葦がそよいでいる。泥土ぬるむ水底にはゲンゴロウが、水面にはアメンボが遊び、さなぎから孵ったトンボが空を舞うことだろう。夏の盛りには蛍が飛び交うだろう。ビオトープである。

二キロの緑道のなかほどには四阿を設けた。陽が高くなると、まちの人びとが出て来るだろう。憩い語らう場を人びとに提供できる。

市長に古河はかけあった、いよいよ工事が着工されるあかつきには、緑道の入口に立札を地中深く打ち込んで欲しい、国の補助事業であることを謳うだけではなく、同時に『流雪緑道』の四文字の右肩に六文字『百合ゆくみち』と書き添えて欲しい、と。

ヨシとすみが現場に立ったならその場に屈みこみ嗚咽を漏らすだろうと、古河は想った。

基本設計をする現場からいっとき離れ古河は北極圏へ飛んだ。

ノルウェーのトロムソで、雪と寒さを克服する商品技術の見本市が開催されるという。久しくまみえていないアースキンに、緑道の設計を進めていると報告したい。だがトロムソに至るには、ストックホルムの上空をひとっ飛びだ。古河は胸が痛んだ。

トロムソにランディングすると、二月の真昼だというのにすでに陽が落ちていた。ウェルカムパーティーが開かれる時間が迫っていた。急いで会場に乗り込んだ。すると会場入口で、併催イベントのプログラムを手渡された。

古河は驚喜した。ラルフ・アースキンの名が目に飛び込んできたのである。あすフォーラムが開催されるという。その冒頭、アースキンが基調講演をするというのだ。

講演会場にあてられているホテルへと古河は翌朝、駆けつけた。開会十分前であった。会場へ向かっていると、赤いチョッキが先を行く。忘れもしない、ドロットニングホルムを初めて訪問した折も、来日したときも、彼が着けていたチョッキである。英国から移住後、ヨットを仕事場にしていた折、ルースが編んで彼に着せたのだ。

古河はチョッキの前に立ち塞がった。

盧舎那仏の大きなたなごころが古河の手がつつんだ。

掌はあたたかだった。が、仏の顔は冷えていた。北極圏だ。やむをえない。

だが古河は理解に苦しんだ。日本を発つ前に古河が得た情報によれば、アースキンは、故国英国の王立建築家協会ＲＩＢＡから、ノーベル賞にも匹敵するゴールドメダルを授与されたはず。今や彼は人生の頂点に立っているはず。光り輝いていいはずだ。にもかかわらず彼の面ざしは沈んでいた。

古河は問うた。

「奥さんはお元気ですか」

アースキンは答えた。

「ルースは先月、召されたよ」

と、唇を引き結んだ。

東亜の男が設計した仕事などに耳を傾けてもらえるような場合ではない。別の意味からもそうする時と場ではなかった。アースキンは講演の準備に、スライドのセッティングに、忙しいのだ。

彼の前から退がり古河は会場の最前席にかけた。

講演が終わったのを機に近づこうとした。しかし今やアースキンは世界から注目を浴びている。弟子はじめ、マスコミ、多くの同業者たちがアースキンを二重三重に取り囲んだ。東方からやって来た名も無い者などは近づきようがない。

やむなく古河は見本市会場へ移動した。

会場にはアースキンの受賞を祝うコーナーが設けられていた。

複合中層建築物の模型の前に、古河は佇んだ。

中層には住宅、ショッピング、オフィス、コンサートホール、博物館などが抱え込まれている。外に向かっては両翼をひろげ、風雪を一手に引き受けている。その威容たるや、大空を舞う猛禽を想わせた。

天に召されているルースが、古河のうちに蘇った。

浅草を案内しつつ、「旅をして何が印象に残りましたか」と古河が訊ねるとルースは答えた、「奈良の鹿たちです。スウェーデンではトナカイを極北に追いやっていますが、日本では人と親しく接していました。鹿たちの眼がとても愛おしかったです」と。

古河は重ねてルースに問うた、「大仏を観ましたか」と。むろん返しはイエスだった。そこで古河は、「大仏さまのお顔がご主人に似ていませんでしたか」と質した。ルースは言った、「ご冗談を。似ているものですか。ラルフは私にとってイエスさまのつぎに大事なひとですもの」と。

つらづら、そういう想い出に耽っていると、見本市会場に大勢の人が入って来た、ラルフ・アースキンを取り巻きつつ。

その場でアースキンは、中層建築を風雪がどのように襲うか、建築がこれをどう迎え撃つか、を実験してみせた。

白い粉末を雪に見たて、大型の扇風機で吹きつけたのである。雪は、設計したとおりに建物の両翼に当たり地上に落下した。

この日、目にした実験が古河をして次の仕事へと駆り立てた。

雪の利用は、彼のこれまでの仕事のテーマの一つであった。古来、日本には雪むろがある。これを今日の産業技術をもって雪ぐにの産業振興に活かせないものか。桜の芽を雪中に眠らせておき一年のなんどきであれ花ひらかせて売り出す業。同様に雪中で魚をも新鮮なまま眠らせられないか。いちごを市場に遅出しすれば高値がつくだろう。日本酒の熟成にもいい結果を生むだろう。アイディアは尽きない。

人力や機械力だけでなく、アースキンが自在に活用したように自然の力、すなわち風の力を利用して雪むろを大型化したい。地吹雪災害防止のための技術を逆活用するのだ。高標高地にあっては、越年生の雪渓を人工的に造成する。低標高地、平地にあっては、風の力で施設の中に吹雪を吹き込ませ貯蔵したい。

古河は国に提案した、アイディアの実現性を秋田で立証する調査研究をしたい、と。国は調査の実施に賛同してくれた。

ところが、いざ調査に取り掛かったものの、予想もしない困難に古河は遭遇した。雪がほとんど降らなかったのである。実験設備を野に晒しただけで終わるのか。古河は国に嘆願した、調査を続行させてほしい、と。継続できた。しかし、二冬目も雪の降りはじゅうぶんではなく、分析に耐え得るデータを取得することはできなかった。

岩手との県境の山中にあって、古河は天を仰いだ。

するとと、天空からアースキンの声が聴こえてきた。

「そこに大きな木があるね。張り出している大枝に綱を掛けようってのか。首を吊りなさんなよ。君はまだ何も仕事をしていないではないか」

ドロットニングホルムのアトリエを訪ねたときのことである。彼が描いた設計概念図のいずれにも、図中の空高くにきまって気球があがっていた。

「これは何ですか」

と古河は質した。

アースキンは答えた。

「計画設計に託す私の理念理想の象徴だよ。スタッフはね、ルースもだ、気球から下がっている綱を地上に引き下ろそうと努めてくれてるんだよ。地上つまり現実は、私の理想とはかけ離れている。気球を着地させるのは容易なことではない。しかし、地に足をつけないことには、理想を実現できない。私はね、だからスタッフには心から感謝しているんだよ」

古河は山の頂の近くにあがっている気球を目にした。気球にはアースキンが乗っていた。

「雪は降る。三年目がだめなら四年目に降る。調査を続けるがいい。私がきっと降らせてあげるよ」

と、彼は言った。

三冬目にして、十八年周期の豪雪ほどではなかったがようやく降雪をみた。分析になんとか耐えられる降りであった。

アースキンが逝ったのは、ルースが逝ってのち十五年後のことである。

建築雑誌『エー・アンド・ユー』が、彼の偉業を称える特集を組んだ。

その結びの一ページに古河は惹き込まれた。

言いたいことがあるとばかり、アースキンは憂い顔を掌で支え、読者を見つめ何ごとかを語りかけている。

ルースと交わし合った指輪であろう、顎を支えている彼の手の指にリングが光っていた。

あとがき

中学一年の冬に私の目の前に、あゆむべき道が二筋、見えてきた。

国語の先生が「君は作家になりなさい。上京して文壇の大御所にご指導を仰ぎなさい」と勧めてくださった。同じ年のそれは寒い日だった。私は満天星の下、凍りついた雪道、往復十キロをあるいた。雪研究の大家、中谷宇吉郎博士の講演を聴くためにである。博士は私に雪の単結晶の写真を手に取らせ、「もし雪を研究したいなら私の研究室に進学しておいで」と言われた。私は、北海道大学に進んで雪氷学を修めた。

大学を出、私は上京し、志賀直哉先生に師事し、さらにその後、「三田文學」の編集長遠藤周作先生にご指導いただいた。

夜書き、昼は国が所管する政策研究所に勤めもっぱら雪ぐにを駆けまわって、豪雪地帯の冬期環境を改善する研究に従事した。

　三十三歳から暦が二度まわる間、筆を折ったものの、これまで少なからぬ作品を発表できた。およそ「私」の身辺と折々の心境を綴ったものをだ。雪ぐにと雪ぐにの人びとを描いたもので発表できたのは、しかし数篇にすぎない。雑誌の編集者や出版社にとっては、こと国の政策立案にかかわる話などは、まして科学技術の力によって世の中をどうこうしようという作品は文学の外、縁がない、と関心を寄せてもらえなかった。小説を書いている私が実は国にかかわっているなどとは想いもよらず、私の作品を評してこの「私」とはあなたとは別人なんだろう、なぜ三人称で書かないのかと質した。一方、昼の仕事をともにした役人や旧同僚たちは、君がなんで小説を書くんだ、と疑惑の眼で私を視た。

　ふた筋の道をあゆんできたのだから、ふた通りの受け止められかたをしても致し方ない。この作品集を出版するのは、「別人」の二人が一人だったと明かすためでもある。

　私は昨今、筆を折ってしまおうかと思うことがある。しかし、作家のはしくれとして生きてきて、さてやりとげていないことがあるような気がする。

　先に亡くなられた大先達、大江健三郎氏が、ＮＨＫのインタビューに答え血を吐くような形相を見せつけつつ、文学のあるべきこれからを語られていた。私が理解し得たところではこう言われたように思う、戦前戦中の誤った日本が、いつの日にかまた復活しないとは断言できない、文学の果たすべき役割とは、日本がそうなろうとしたときに「ノー」と言い切ることだ、言って悪しき流れを止めんとする勇気を持つ作家が一人でもあらわれたなら、その人こそが希望を託し得る「新しい作家」だ、と。

そうであるなら、私もあと一作、書き遺さなければならない。

この作品集には、日本の行政及び社会との軋轢のなかを生きんと喘いだかつての私が登場する。私は綴った、倒解散せざるを得なくなった法人との心中へ自分を追い込んだことを。ゆえに多くの職員をクビにしてしまったことをも。私は責任をまっとうするために死ぬべきだった人間である。だがしかし、今日なお私はのうのう生きている。

小説とは、虚と実とを併せ描いて人間の真実を表出せんとするものだ。そのように、遠藤周作先生から教わった。少くともこの教えからははずれまいと私はしてきたつもりだ。

冒頭の作「倒木蘇生」で「私」はビルから飛び降り自殺する。霊魂が以後、どのようにこの世あの世を行き来したかを、二十歳代のころまでを遡る構成で、作品を並べてみた。

なお、殺伐とした作品群に少しく潤いをと、半世紀にわたって私を慰め励ましてくれた歌舞伎、舞踊の同世代の旗手との交わりをも振り返ってみた。「ブラッドフォードの王」と「雪割草」とから、それがどなたであるかは読み取っていただけよう。一人は、東洋の東の列島の「宝」であるというよりも、米欧の舞台をも踏まれたいわば世界の「宝」と称えられるべき方である。そして今一人は、雪ぐにに根をおろしている日本舞踊の家元、今日では宗家であられる方である。

「季刊文科」を刊行されている鳥影社さんからこの書を出版していただけることは身に余る光栄である。文学の存立自体が問われている今日、「文学本来の在り方、その魅力を大事に」され、新しい時代に向けこれぞ文学といえる作を世に送り出そうとされている姿勢は、故大江健三郎氏のさし示された羅針に添うものだと思われるからである。

表紙の絵は、ビルの屋上から「私」が最後に見た景色である。描いたのは霊魂である。

初出一覧

倒木蘇生	書き下ろし
石	「農民文学」第331号（二〇二二年秋季号）
リビア往還	書き下ろし
太原から殷墟へ	同
ブラッドフォードの王	「三田文學」No.112（二〇一三年冬季号）
雪割草	書き下ろし
我が父ラルフ・アースキン	同

〈著者紹介〉

大嶋岳夫（おおしま たけお）

1942年、北海道中富良野町の生まれ。

北海道大学理学部で雪氷学を修め上京し東京大学工学部で半導体の研究、公益法人で地方の雪対策の研究にあたりつつ小説を執筆。

上京後、志賀直哉氏に師事した。

その後、「三田文學」の編集長遠藤周作氏に指導を仰ぎ三十三歳までに「歯痛」「冬の六花」「線爆発装置の短い夢」などを発表。

五十六歳から執筆を再開し「我妹子」「鳩」「ブラッドフォードの王」などを「三田文學」に発表。

「線爆発装置の短い夢」で第10回文藝賞、「冬の六花」で第8回新潮新人賞、「戦げ罅(ひび)割草」で第18回三田文學新人賞（戯曲部門）のそれぞれ最終候補。

「未明の丘」で第5回北海道文芸賞選考委員特別賞、「父よそして母よ」で第65回農民文学賞を受賞。

作品集に『未明の丘』（2020年、文芸社）がある。

倒木蘇生

2023年9月18日初版第1刷発行
著　者　大嶋岳夫
発行者　百瀬精一
発行所　鳥影社 (choeisha.com)
〒160-0023 東京都新宿区西新宿3-5-12トーカン新宿7F
電話 03-5948-6470, FAX 0120-586-771
〒392-0012 長野県諏訪市四賀229-1(本社・編集室)
電話 0266-53-2903, FAX 0266-58-6771
印刷・製本　モリモト印刷

ISBN978-4-86782-041-4 C0093